生活上瘾指南

有趣的灵魂在当下

姚瑶——著

百花洲文艺出版社
BAIHUAZHOU LITERATURE AND ART PRESS

图书在版编目（CIP）数据

生活上瘾指南 ：有趣的灵魂在当下 / 姚瑶著. —
南昌 ：百花洲文艺出版社，2017.11
ISBN 978-7-5500-2503-5

Ⅰ. ①生… Ⅱ. ①姚… Ⅲ. ①散文集－中国－当代
Ⅳ. ①I267

中国版本图书馆 CIP 数据核字（2017）第 268949 号

生活上瘾指南：有趣的灵魂在当下
姚瑶　著

出 版 人　姚雪雪
策划编辑　许鸿琴　兆　兆
责任编辑　袁　蓉　兰　瑶
封面设计　门乃婷工作室
出版发行　百花洲文艺出版社
社　　址　南昌市红谷滩新区世贸路 898 号博能中心 A 座 20 楼
邮　　编　330038
经　　销　全国新华书店
印　　刷　河北鹏润印刷有限公司
开　　本　880mm×1230mm　1/32
印　　张　8.5
版　　次　2018 年 1 月第 1 版第 1 次印刷
字　　数　220 千字
书　　号　ISBN 978-7-5500-2503-5
定　　价　39.80 元

赣版权登字 05-2017-444

邮购联系　0791-86895108
网　　址　http://www.bhzwy.com

序言

PREFACE

我眼中的世界，你眼中的我

迄今为止，我经历过最可怕的事情，是多多同学砰然倒地面如死灰，就在那一瞬间，我的心里其实已经做好了最坏的准备。不，这么说似乎也不准确，应该是最坏的那个结果在那个瞬间迅速闪过，根本无暇去做任何准备，也永远不可能做好准备。

从 2017 年的第一天开始，多多同学就一直在生病，头痛发烧，查不出什么特别的问题，医生当作肺炎治疗。那是一个虽然很冷阳光却很好的中午，我陪他挂完吊水回来，叫了外卖的汤面。他刚吃了第一口面在嘴里，就突然昏厥过去，重重砸在地板上，嘴唇是绛紫色，脸是青灰色，额头撞出了伤口，过了很久血痂才消失掉。

那是我人生中第一次拨了 120，120 告诉我派不出车，要我等待某急救站的联系。我等来电话，描述病情，我听得出自己的哭腔还有发抖的声音。去医院的路上，急救车出了点小毛病，在第一家医院，我们等了 40 分钟没有得到任何治疗，决定转院，转院途中急救车彻底抛锚，我们等待，换车，求助医生朋友。我切实体会到医疗资源的紧张，紧张到急诊连一张手推床都腾不出来，好心的大夫要从手术室去借床出来，让昏迷的多多同学躺上去，我承认，我很久没有这样哭过了。

那时我觉得人真是没用，没用到连自己的身体也掌控不了，没用到永远也不知下一秒可能发生什么。

多多同学住院的一个月期间，我每天来回家中和医院，像上班签到，我每天都会问住院医师同一个问题：会不会有生命危险？其实无论医生怎么安慰我说不会发生我所担心的情况，可是生命这种东西，说脆弱的时候，比一张窗户纸还要薄，轻轻一捅就破了。

而无论发生怎样的意外，无论心里装了多少悬而未决，都无法求得生活的宽恕，该做的事情一样也不能搁置。我随身揣着笔记本，在医院写稿，在车站写稿，只有写稿会让我觉得还有一部分的生活是在轨道之中的，没什么道理，就是觉得我好好写稿，多多同学就会自然而然好起来，只要我保留了这部分日常，他也很快就能回到我们的日常里来。

那段时间，我总是思考同一个问题，如果明天我们就会分开，我们有过的美好回忆到底够不够让我虽然很难过，但不那么遗憾。

于是我翻开手账本，开始一条一条去写我们共同做过的事情，去过的地方，写了很多：我们看过地中海的日落，见过南半球的星空，

跑过热带的马拉松，硬盘里存了十几万张照片，里面有无数多多拍下的我的日常与远方。多多镜头里的我，永远都是最好看的我，连邋遢也邋遢得好看，我们勇敢地告别朝九晚五的工作，一起去做最想做的事情，写下的每一条都是能够笑出来的回忆，可仍然觉得不足够。

于是又翻开另一页，开始写以后想要一起做的事，一起去看的风景。我们还没有去过非洲摸一摸保护区的大猫，还没有去看一看蜡笔小新的故乡春日部，没有去北欧看极光，没有一起去台湾环过岛，我一个一个把它们列出来。对我们来说，最重要的大概就是回忆了吧，我们的每一个当下其实都是为了制造不被忘却的回忆而具有意义的。

小时候，我常常想，如果活了一辈子，却看不到我们生活的星球究竟是什么样，多难以想象。因为多多同学，我不仅一个角落一个角落地去看这个世界，我还拥有了身处那些角落的无数照片，一张一张都是回忆。

多多同学出院后我问他，病床上最强烈的念头是什么，他说因为亲身体会到了生活极速坠落的可能，所以要更用力去热爱生活，去找到比生命更重要的事情。

海子这样写："你来人间一趟 / 你要看看太阳 / 和你的心上人 / 手拉手走在街上。"这大概就是我们热爱生活的方式吧，走到人生句点之前，尽量多做些让自己快乐的小事。

真的只是小事情，我在那张纸上一一写下的完成与未完成，其实就是我的一张心愿清单，完成的打钩，未完成的就努力去完成。如果没有这个契机让我写下来，我可能并不知道自己竟然完成了这么多事情，翻译一本书也好，画一张画也好，成为摄影师也好，和喜欢的人一起看世界也好，原来生活里真的有好多事可以做，也能去做，其实愿望，也真的没有那么难以完成嘛。

就是在那个时候，我冒出了完成这本书的愿望，我用我的眼睛看世界，多多同学躲在镜头背后看我，他曾对我说，他最大的心愿就是陪我一起完成我所有的愿望，这个情话可真是一点也不高级，但这么多年，他一直都是这样做的。

所以，在医院的走廊上，我陪多多同学散完步，收到编辑的答复，她要完成我的心愿。

这是我第一次出版小说以外的作品，所以你看，我又解锁了一项新成就。就像我无论去到哪里旅行都会喜欢那里，无论我只是完成了一件多微小的事情，我都会欢呼雀跃，谁都可以来扫我的兴，但绝对不能是自己。

我常说自己是个悲观的乐观主义者，生活对我来说就像个大游乐

场，在闭园之前，我一定要玩得尽兴。生活这壶有剧毒会让人辣哭的酒，既然喝多喝少都会喝死人，那我偏偏要使劲喝上瘾，喝出酒瘾，才能玩得过瘾。

我特别希望你翻完这本书后，也能一条一条写下自己的心愿，再一点一点去完成那些其实并不那么困难的小事，别人的微不足道是自己的敝帚自珍。

当然，也许你还能把它当作旅途中的拍照指南，和喜欢的人一起留下那些弥足珍贵的时刻。让那些极易丢失的记忆定格在时光底片之上，偶尔翻开，总有一段故事。

我从来都不是特别幸运的人，也不是有特别成就的人，可就是这样的我，依然觉得人生有太多可能，很多路都能走到仿佛若有光的洞口，生活试炼我，却也待我不薄，所以总想扯住别人的袖口，说你的生活也是一样，你就试试看，好不好。

所以，你就试试看，好不好，我们干杯，一起喝下这杯既是毒药又是解药的生活之酒。

最后要特别谢谢我的好朋友兆兆和编辑胭脂姑娘为这本书付出的时间和努力，愿我们都能看看日光之下的世界之大，也看到幽微内心里的无限通途。

2017 年 8 月夏

于北京

目录 CONTENTS

一颗星球与四个季节 去远方

生活是时光的彩色底片

在眼前

去远方
一颗星球与四个季节

去一次文明诞生地：日落地中海

2009年的11月1日，我按掉闹钟，从寝室上铺爬下来，天光还很暗淡，室友们都在熟睡，落地窗外却无声无息地飘着大雪，我站在床边，看着窗外，愣了很久。

那一年的初秋，我遇到一些挫折和不开心，时常莫名其妙哭起来，情绪稳稳停在低压线以下，时而憎恨一切，时而又伸手接受一切，在各种各样的极端之间来回徘徊。朋友表达关心和担心，我却不愿讨要口舌上的安慰，就同朋友们说，等冬天来了，我就会好了，仿佛是给自己的心理暗示。

于是，就在那个清晨，北京提前了整整一个月，让冬天轰然坠落。

我蹑手蹑脚地给我的红色保温杯灌满热水，拎上凳子去了楼梯间。我在楼梯间的落地窗边放了一个便携的小课桌，整个秋天我都在那里看书，几乎说得上是起早贪黑。就在那个秋天，我看掉了一整套古希腊悲喜剧全集，看了亚里士多德的《诗学》，贺拉斯的《诗艺》，还有古罗马《金驴记》这样的小说，当时桌上正摆着的，是柏拉图的《理想国》，已经看了大半，做了厚厚的笔记。

我翻开书，抱起保温杯，仰头看四方天井簌簌落下的雪花，那么快那么密，又那么安静，我忽然哭了，我想冬天来了，我是该好了。

那个黯淡的清晨在日后总会被我反复想起，我想世界大概存在神示这样的时刻吧，就像那场早早来临的初雪。那个冬天过后，一切都好。

2013 年，也是糟糕的一年，不知道如何修复情绪的时候，我想起那场雪，想起我读过的那些书，想起自己一直都想去希腊看一看，想看看究竟是怎样的风土诞生了那样灿烂的文明。很多事情总是筹谋许久却变成拖延，而真的做决定，都是想也没想过的一瞬间。就这样一

个瞬间的冲动，我和多多同学坐上了土耳其航空的航班，从伊斯坦布尔转机雅典，向西飞行十三个小时，暴露在了欧洲大阳台的烈日下。

出发前，我画了两双手绘鞋，和多多同学一起穿在脚上，站在机场门口，我们都觉得有些不可思议，居然就这样来了希腊。

从机场开往酒店的大巴上，我有许多想象，关于雅典，关于卫城，关于历史与莽荒神话，然而，今天的雅典，却不是我任何的一种想象。它很小，很精巧，很安静，也很质朴，那些窄窄的马路，斜斜的街角，笑笑着闯入镜头的路人，露天阳伞下的一杯 Greek 咖啡，一盘烤肉，一杯 Mythos 啤酒，充满踏实的烟火气。麻雀与流浪猫来桌上分享食物，小伙计远远丢一块肉给流浪狗，太阳迟迟不肯落下，是那么日常，那么琐碎，没有一点为曾有过的文明而倨傲。

在希腊的第一个夜晚，我坐在阳台上，喝着手边的啤酒，望着远处卫城山上亮着灯光的帕特农神庙遗址，阳台下晚归的年轻人吹着口哨唱着歌，余下的就是街头巷陌的寂静，心里一时涌起许多情绪，也说不上究竟是怎样的情绪。

和之前所有的设想都不同，卫城没有那么悲壮，古剧场也没有那么令人扼腕，雅典人对随处可见的遗址习以为常，他们慢慢悠悠，气定神闲。

帕特农神庙，波塞冬神庙，它们无数次出现在希腊神话中，这里有祝福也有诅咒，有过好的命运，也有过坏的命运，那个诸神降临的黄昏，在遥远过去的某一天，而克里特文明的世界早已沧海桑田，所

有的耀目或颓败，都成了无人再去驻足的历史，变得无足轻重。

所以，一个人的悲喜，到底又有多可轻重呢？站在卫城山顶，俯瞰整个雅典，我这样想。

从信奉诸神，到基督教的普及，希腊经历过许多次宗教更迭与动荡，所以，在老城区可以看到恢宏的教堂，传教士的纪念雕像，也可以看到保存完好的清真寺，还有城邦时代的遗址。但是他们并不像我曾以为的那样，带着一张严肃的脸，在南欧一览无余的阳光下，提醒你过往沧桑。在叫卖声与脚步声中，它们变得那样普通，那样随意，是这热闹市井中的一份子，不需要被人投以过多的目光。

我在某处遗址附近买了许多明信片，也买空了好心老爷爷手里所有的邮票，而后蹲在阳光下，一张张去写，身后，就是千年之前的石柱，时间就这样被模糊了界限。那个存在于诸神黄昏中的雅典，那个经历了文明与战争的雅典，已经消失了，不见了，留下的是充满人间烟火气味的一座城，一条街。而这，也许就是这座城邦的初衷。

比起有过的灿烂文明，希腊人更喜欢灿烂的太阳。他们最大的爱好，就是坐在海边，一杯 Greek 咖啡一杯冰水，一面兑着冰水喝咖啡，一面静静等待海上的落日。不同的山川不同的海岸线，无论天涯海角，我们都要看一看那个熟悉的老太阳怎样升起又怎样落下，这是不是也是骨血中深植的一种崇拜而不自知呢？

在圣托里尼岛上，我也凑热闹，早早坐上最佳位置，等待这颗蓝色星球上最美的日落。脚下是高高悬崖，峭壁之下是地中海湛蓝的海水，我的周围，全都是不一样的面孔不一样的语言，以及不一样的相机，每一个人都认真等待太阳掉落海平面的瞬间，我忽然觉得好笑，就笑了起来。

我也不知道自己为什么用了两个小时来等待落日，在这两个小时里，我仔细观察了周围的每一个人，仔细去听了每一种我听不懂的语

greece-yao

言，我也努力回想了生活里那些断裂无助的时刻，却无论如何也无法进入，那些停留在东八区的日常就这样被甩在了身后，变成了似乎和自己毫无关系的碎屑。

原来时空的转换可以重塑心里坍塌的许多东西，那些已经摧毁的，无法重建的，没什么可惜，就那样放弃掉吧，像古时候的君王放弃一座城池，城池在时光里损毁成废墟，而城中人，是可以走出废墟的。

太阳落下去的瞬间，人群欢呼，那时我突然意识到，太执着于眼前的人，是被困在井底太久，忘了这个世界到底有多大。每一次的旅行，或许就是我对自己不断的提醒，总有更远的地方，总有更久远的时光，我提醒自己的渺小，提醒自己，天地有大美而不言，四时有明法而不议，万物有成理而不说。看完这场壮阔的落日，我深吸了一口气，周而复始，谁人不是？

之后的旅途变得轻松起来，蓝色的海水，白色的房子，阳光下的九重葛，吃着汉堡肉和沙拉时想念火锅和川菜，路边超市里同老板娘聊天，从家庭作坊里带回手工制作的人偶，坐在红色环城巴士上顶着烈日吹着风，和多多同学一起哈哈大笑。

我知道，我好了，在太阳落下的瞬间，在陌生人欢呼的瞬间，在圣托里尼万家灯火亮起的瞬间，就是那样神奇的一瞬间，该走的走了，该留下的留下了。

得知人生里会有这样的一些瞬间，就再难让自己彻底消沉下去。

2009 年的时候，早早降临的冬天将我一把推出消沉的秋天。

2013 年，我没有想到，是地中海上的一次日落，让我又变得轻盈起来。

时序轮转，2017 年，我又碰上了糟糕的事情，又经历了重要的失去，而这一次，我愿意相信，万物有自己的规律可循，这世界的角落，总有一样东西能够为我照亮出口。

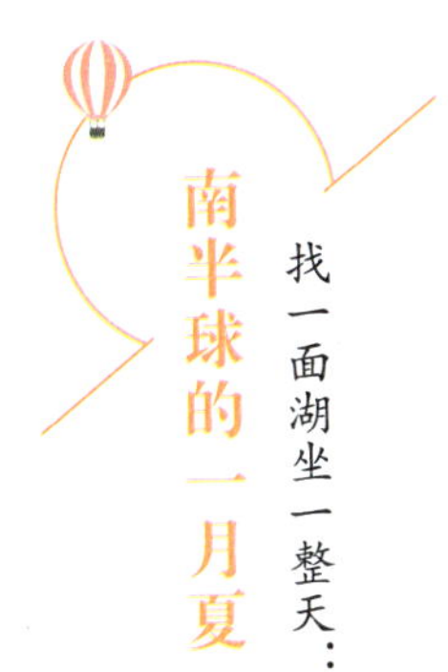

找一面湖坐一整天：南半球的一月夏

为了写一篇新的小说，我查阅了很多有关星空的资料，星座，星系，银河，还有与此有关的传说。看到南十字星的时候，我觉得很有趣，它有一个这么威风凛凛圆桌骑士一般的名字，却又是全天八十八个星座里最小的一个。

在我读过的小说里，南十字星出镜率很高，提到南天星座，似乎人人都先想到它，在那些充满象征意味的异域小说里，南十字星代表了南半球的未知之境。

南半球，那个与我们经纬对等而全然颠倒的世界，在海洋远远多过陆地的彼端，像一个完美的镜面世界，我想象那些与我脚对脚沿着S纬度走来走去的人们，想象严寒的十二月他们却要过一个夏季的圣诞节，真想去看一看。

就这样一想，我便站在了皇后镇的停机坪上，从北京的一月冬寒，

到广州闷湿的雨夜，奥克兰匆忙转机，我和多多同学仰头看见云朵缠绕山腰、遮蔽天日，它们在空中不停流动，像一条长河，这就是长白云之乡，无论是南阿尔卑斯山上的积雪，还是迁徙的云朵，都是永远悬在天空里的河流。

也许是因为新西兰南岛纬度偏高，哪怕是盛夏时节，天气依然显得清冷，时阴时晴，时风时雨，全看云朵的心情，旅人们不知该穿还是该脱，所以小小的皇后镇街区里，有人穿薄羽绒服，也有人穿背心短裤，有人踏着毛茸茸的雪地靴，有人踩着人字拖吃腻死人的冰激凌。

我也一样，裙子毛线外套囫囵往身上套，在皇后镇度过了非常悠闲的三天。

三天里的大部分时间，都是坐在 Lake Wakatipu 边，不做什么，就是坐着，坐在修葺好的台阶上，坐在近岸的碎石滩上，坐在湖边咖啡馆的阳伞下，坐在码头的栏杆上，和海鸥并肩看夕阳。

其实看的也不是夕阳，这里没有日落满江红的壮阔，也没有明月出天山的苍茫，因为云层太过厚实，所以能看到的只是湖水的微妙变化。我答不出它究竟哪里好看，可静坐一天，仍觉得相看两不厌。

身边的人群聚拢又散开，聊天的，喂海鸥的，野餐的，面孔换了一波又一波，语言也换了一种又一种，湖水的颜色随着时间一点一点深沉下去，街头艺人走了魔术师又来了钢琴家，胖嘟嘟的亚麻发色小姑娘在街头小提琴家跟前跳舞，而我们就静静地坐在湖边，静静地看自己的时间与周遭的时间错开一条缝隙，假装自己静止了，静止在这面清冷的冰川湖边。

我哪里也不想去，就想地老天荒地坐在这里，我喜欢这一刻的真空，心里眼里都空空的，装着一面湖水，湖底有巨大的妖怪，古老而孤独，湖面则有一张性冷淡的脸。

我们也在湖边做了许多事，譬如吃了皇后镇里有名的大汉堡，捧着比脸还大的汉堡，扭头看见白皮肤的旅人们一口下去，结结实实的牛肉汉堡就少了半个，又惊讶又好笑，忽然想起曾经的美国朋友撕咬鸡翅的样子，我笑他像野兽。吃了厚重的柠檬芝士蛋糕，酸和甜都偏执得彻底，没有一点折中。喝了热巧克力，也喝了 flat white。喝热巧的时候有个当地小姑娘看上了我的相机，非要帮我和多多同学拍照，我放心地把相机给她。她的小哥哥一直在低声责备她，说你知道这个相机多贵吗，你给我小心一点，你怎么这么讨厌。我就哈哈笑着让她拍，她一面拍一面喊着很好很好，太好看了，太棒了，一顿疯狂咔嚓之后把相机还到我手中。我和多多同学一起翻看，发现每一张都跑了焦。喝 flat white 的时候，有个白人小男孩执意跑到我面前同我认真打招呼。

百样的饮料，百样的人。我们也分吃买来的手工糖果，是不爱吃糖的人很难承受的那种甜，好在我们都爱吃甜。当然也喝啤酒，一天里再没有什么更重要的事情了。

我们住的酒店在镇子外的山坡上，房间的院子连着酒店背面的一条路，坡度有些陡峭，上上下下地走到尽头，是 Lake Wakatipu 更安静的一面。

湖边有树林，有废弃的小船，还有私人码头和仓库。我们发现这里的时候是皇后镇难得的晴天，虽然只维持了不到两个小时，我们还是看见了湖水透蓝的一刻。白色石滩，淡蓝湖水，空气透明到远山上的山石纹理也看得清清楚楚。

这里属于居民区范畴，没有游客，沿湖散步，只看见一个白人妈妈裸着后背晒太阳浴，四五岁大的金发小姑娘独自在湖边被浪花追着跑。树林里偶尔有小少年骑车经过。余下的，就只有湖水的声音了。

湖水反复拍打岸边的碎石，风大的时候被打湿的黑色大鸟停在礁石上梳理羽毛，一切都是安静的，阳光，湖水，风，连声音，也都很安静，分秒的流逝都从容不迫，不着急要做任何事，也并不惋惜什么

事也没做的光阴，我摊开笔记本画了一幅速写，写下一段东西，捡了一片叶子夹进去合上。我也想在这里日出而作，日落而息，晨昏的间隙面对安安静静的湖水写安安静静的故事，当然只是想想而已，所以留些回忆也很好。

回忆很重要，日常里记不住的匆忙太多，而湖边的这一天，是将被记住的一天，是黝黯山洞里隐隐约约的萤火虫。我想起世界上有那样平静的一个角落，响起湖水安静的叹息，心里总有慰藉。

后来我又去了 Lake Tekapu 和 Lake Pukaiki，都是一样的冰川湖。很神奇，冰川水会在阳光下呈现出淡淡的牛奶蓝，能养出格外好吃的三文鱼。牧羊人的小教堂，大概每晚都有人在这里拍星轨与银河。想到一整面夜空里的星星都碎在湖面上，我就会忽然很想哭。只是想想都觉得美到无法承受的画面，我不敢亲眼去看。

有人曾问我，看见大海的时候心里最强烈的感受是什么，我答的是恐惧。不只是大海，湖泊，河流，与水有关的一切都令我恐惧，并不是作为旱鸭子对水的那种恐惧，而是作为陆地上的人，对水世界的恐惧。

那里，大概是比陆地还要庞大的另一个世界，哪怕是阳光下美好的牛奶蓝。我坐在巨大石块堆砌成的岸边，端看它，不是看它的美，而是在看一道永远也解不开的谜题。我总是借用这样的方式来努力体会自己的渺小。

我很喜欢这种渺小感，自然的标尺与城市的标尺不同，属于自然的时间与属于人类的也不相同，它们缩得很小，我们总放得很大，事实却恰恰相反。我无所事事地坐在湖边，就这么看着湖水和远处的山脉，看久了，就真的忘了自己的存在，要被人喊上很久才醒过来。

我不大对人说起自己对某个地方的喜欢，因为我喜欢自己去过的每一个地方，无论是家门口常去的那条街，还是远在南半球的一面湖，温带的城市，热带的岛屿，因为每个地方都有回忆，所以每个地方都喜欢。我从不觉得旅途的任何地方会让自己失望，因为我的期待，也不过就是有个安静的地方，好好发发呆。

所以小国寡民的新西兰大概就是发呆爱好者的理想之地，而它送给我的最大的一面湖，则是傍晚的南太平洋。

我离开新西兰前，落脚奥克兰，在酒店的天台上看见了一面海滩，摸索着找了过去，所以到现在也并不知道海滩的名字。

那会儿我在发烧，可能因为太倔强，认定自己是来过夏天的，所以不肯多穿，略微咳嗽，抱着热咖啡光脚踩在黑沙滩上走来走去。这面巨大湖泊的北岸就是我来的地方，中间有那么多地图上有的国家，也有地图上看不见的岛屿，于是想起小时候书桌上的地球仪，那些未曾想过会去到的地方，长大后一一地去到了。

虽然人不能两次踏进同一条河流，但此刻漫过脚面的海水，也许曾在北半球流过我的脚背，或蒸发成雨落在我的头发上。

很难说我还会不会再来第二次，但我总会在别处继续寻找相看两不厌的湖泊，继续坐着，继续发呆。虽然因为天气原因，我没能找到天空里的南十字星，也没能背上滑翔伞晃晃悠悠地飘在皇后镇上空，我并不遗憾，因为我见过了一月的夏天，我记住了静静坐在湖边的那些时光。

去一次墓园：我在皇后镇，闯进了『活人』社区

我注意到那片墓园，是去乘坐天空缆车的路上。

错落参差的墓碑从密封的车窗外一闪而过，我不由自主向后扭转脖子，可惜墓园已经被高大而蓊郁的乔木遮蔽了起来。

说来奇怪，大多数时候，并不是那些活生生擦肩而过的面孔，让你意识到这世界上有许许多多的人，过着许许多多与你不同的生活，熙熙攘攘的行人相互经过，仿佛谁对谁来说，都不是真实的。

可死亡就显得要真实得多，那些逝去的生命，不经意间被你迎头撞上，让你豁然发现，有些人来过，而后离开，你们不曾相识，可你经过了他沉睡的地方，无常或因缘，逼仄或宏阔，这些郑重而虚空的词语，会在那一瞬间，变得真实起来。

就像在希腊坐长途公交时，悬崖边的高速路，每隔数公里就会看到插在路边的十字架，装饰有鲜花或彩带，有些地方甚至同时树起五六个小小的十字架。那是为死于交通事故的亡者就地立下的祭奠，类似衣冠冢，也提醒无数的后来者。那时我总在想，他们后来都去了哪里呢？他们是否得到了想要的，是否失去了不舍的，是否想过生命的终结会被一直展览下去，以这样触目惊心的方式？

有时，我们就是会为陌生人感到难过。

搭缆车上山时，我还特意去寻找山脚下的墓园，可惜植被茂密，除了遮天蔽日的温带阔叶，和支脉缝隙里透出的一丝蓝天，我什么也看不见。

无关的愁绪这种东西，总是来得快，去得也快。

抵达山顶，坐在自助餐厅里胡吃海塞的时候，我把那些倏忽而逝的墓碑忘记了。也许是牛油果鲜虾手卷太诱人，也许是一整面落地玻璃窗外的天空太明媚，总之在一眼便能看尽南阿尔卑斯山和瓦卡蒂普湖的山顶，我忘记擦肩而过的无常。

下山之后，还是多多同学提醒我，是不是想去找找那片墓园，我才恍然想起，是啊。

傍晚时分，我们以徒步的方式在山脚下寻找那片印象稀薄的墓园，皇后镇分明不大，可是真要寻找起某个角落，反而总在原地转圈。况且，这里气候无常，眼看晴空转眼被乌云覆盖，多多说不会又要下雨吧，我也抬头想要看看远处的天空，我说你看，对面。

并不宽阔的马路上车流穿梭，手拿冰激凌的游客人来人往，就像失衡的天平，这一端的琐碎热闹，在面向另一端的空旷与寂静时，变成了一种以动衬静的修辞方式，被推成了遥远的背景音。

起初以为墓园并不大，然而认真看过去，才发现是不小的一片占

地，墓碑非常整齐地一行行由路边向山坡上排列，高矮错落，大小不一，形状各异，为数不多的巨大雕塑格外醒目，大多是天使或者十字架，向着天空，向着远方。

有些墓碑很新，大部分则因日晒雨淋而变得斑驳，踏进墓园的那一刻，只觉得四周安静下来，却并不觉得恐惧。

就这样，我们开始一个墓碑一个墓碑地看过去，除了生卒年和姓名之外，有些墓碑上有墓主人的照片，有些刻上了死因，有些记录了生平，还有些画了漂亮的图案，说明了故人的爱好或荣誉，有些碑前有刚刚放上去不久的鲜花，玻璃瓶里是满满的干净清水，有些碑前放着褪色的复活节彩蛋，或者其他手作物品，都是微小又固执的惦念。

年代久远的墓占地很大，看得出墓穴的范围，碑文大都模糊不清。时间越靠近今天，墓的占地也越小。

我们并没有细细去数这里究竟有多少沉睡的灵魂，也许是几百个，也许是上千个，有世世代代的皇后镇人出生在这里，度过一生，而后死去，就像这个世界上的每一个城市，每一个村落，甚至每一个社区一样。我们并不曾相识，可我却不小心知道了你的名字，甚至了解了你的星座和喜好，每一块需要仔细辨认的墓碑都是一段沉睡的往事，都有一段喜悦或者心痛的故事。

我们找到的年代最为久远的一块墓碑属于十九世纪。牧羊人从清澈的河水中淘出了金砂，淘金热吸引了世界各地的淘金人，于是才有了现在的皇后镇。我想起小时候用红白机玩的抓金子游戏，总想将所有的金子从泥淖中抓上来，一关一关地抓，虚拟的快感尚且会令人上瘾，何况真金。

淘金者们白日淘金，夜晚挥金，贫瘠而狂热的十九世纪的某一天，这个皇后镇的第一批居民之一，躺在了这里。不知道他是否亲手筛出沉甸甸的金，不知他是否流连女人与酒精，不知他的子孙是否依然生活在这远离世界上一切纷争的地方。我想，他一定不会想到，日后这个被南阿尔卑斯山环绕、拥有美丽高山湖泊的小镇，成了全世界冒险者的天堂。

跳伞咨询中心排着长队；当地男孩扛着山地自行车搭缆车上山玩速降，一遍遍不厌其烦，看得人心惊胆战；乌云渐渐累积的高空，滑翔伞慢悠悠地摇晃……如果不玩些极限运动，仿佛就算白来了一趟皇

后镇。

所以，有许许多多的墓碑上，都记录着一场场英勇的意外。

跳伞事故，滑雪事故，各种极限运动的意外被客观记录在案，墓碑容量有限，短语居多，纵然只是“他热爱滑雪”“他拿过第一”“他很勇敢”“我们爱他”这样的陈述，仿佛也都有难以言说的温度。

无论是爱也好，痛苦也好，越是深沉，大概越是简洁，不愿渲染，也不愿表达。

贴在其中一处墓碑上的照片里，男人身穿滑雪服，站在属于自己的滑雪板上，笑得灿烂。他的笑容，每天依旧迎来送往那些登上山顶寻找刺激的人。

而另一些故事或许更为揪心。比如这里最短暂的生命，只存在过一天，朝生暮死，好像蜉蝣。小小的墓碑上刻着细弱的“ONE DAY”，墓主人的名字属于女孩。一天，她或许连眼睛都未曾睁开，未曾看过自己出生在一个多么美丽的地方，也未曾亲吻过父母的眼泪。

还有一些十九世纪死于瘟疫的孩子，七八岁，墓碑上画着活泼的图画。

一个家族的墓碑往往连缀在一起，和我们一样，注重另一种形式上的团聚。在这些墓碑中，我们看到了一家三口，全部去世于同一天，这一天发生了什么？车祸？火灾？犯罪事件？自杀？总之，一定是一个可怕的故事。时间流转到今天，大概再也没有人为他们唏嘘过。

也许是因为天色渐晚，也许是因为天气转阴，流连完所有被定格在结束那一刻的生命后，我忽然觉得有些湿淋淋地冷，连打了好几个喷嚏。纵然最初莽撞踏进这里，我们之间并无关联，然而现在好像每一块墓碑都有了自己微弱的呼吸，此起彼伏传进我的耳朵里，但我却并不觉得害怕，甚至也不觉得沉重。

也许是因为这里本身就不够严肃，大多数墓碑都装饰得非常可爱，画上去的图案也都充满稚拙的童趣，虽然死亡令人悲伤，但我们看到的所谓缅怀的话语大多是“她度过了快乐的一生”“他很满足”“他很会画画”“她的梦想是成为医生，她做到了”……每一个伤感的故事，都变成了一句笨拙的看图说话，有一种温柔在其中。

死亡究竟是什么？死亡对死者对生者分别意味着什么？我们如何接受自己也会死去，我们如何面对生命中痛彻肺腑的失去？

我记得在《绿山墙的安妮》中，安妮曾非常苦恼，在马修去世后，她认为自己如果没有持久地沉浸于悲伤之中仿佛就是对马修的背叛，她觉得自己没有资格去笑去快乐，一旦她忽然笑了，下一秒便会心怀愧疚。

这样的心情直到现在也会偶尔困扰我。在失去我的第一只龙猫小丢的时候，我哭了半个月，每一天，连续不断地哭，我用了很久才接受它已经不再存在于我身边这个事实。许多年过去了，我们有了另一只龙猫 Latte，还有一只包子脸的小加菲 Mocca，可我依然会在逗它们开心的时候，忽然想起小丢，心里有一份沉重的无法启齿的羞愧。

也许，从小到大，死亡都像个怪物一样被小心翼翼地回避，我们蒙上眼睛，堵起耳朵，不愿去看去听去了解这个怪物的模样，或许这也就注定了我们面对死亡，只能留下长久的后遗症。

这个世界上，所有的一切都以反义词的形式存在着，相互支撑相互拉扯。所以我们习惯了生也必须习惯死，我们别无选择接受出生，就也要同样别无选择接受死亡。

电影《救赎》中也有这样一段自问，“如果你在维基百科搜索死亡，定义是特指一个生物存活的所有生物学功能的永久终止，但维基百科不会告诉你如何面对死亡”。事实上，后者才是我们最需要的，不是吗？

西方人选择了克制与轻松的方式来接受这无可辩驳的命运，我们所身处的墓园气息轻盈，墓碑有漂亮的图案，我甚至都能想象到亲人们画下这些图案时还在笑着说："Hey，伙计，给你画一杯酒，让你喝个够！"他们以此来抵御死亡所带来的悲伤与恐惧。

也许他们很早就已经知道，漫漫人生，慢慢走过的起伏路途，所有喜极而泣与痛彻肺腑，在生死面前，都是微不足道的小事，"死亡"这个词本身就已经足够浓烈，所以就不要再去渲染。

在悲伤与迷惘中，死亡教育渐渐变成西方人成长中稀松平常的一部分，就像性启蒙一样，或许我们也是时候去学着与死亡的阴影和平共处了。我始终记得，在幼儿园时，第一次想到人会死，怕得发抖，躲在被子里哭了一晚上，悲伤得无以复加。说给妈妈听，妈妈只说傻丫头，想太多，长大就不怕了。结果，越是长大越是害怕，到现在我也依然无法直面这个现实，不敢想象老去的姿态，更不敢想象如何与这个我所贪恋的世界告别。也是到现在才明白，当时的妈妈或许和我

一样，惧怕死亡，拒绝谈论，她无法帮我。

暮色渐渐沉坠下来，连风都静止的这一刻，我听着墓园里平静的呼吸，来自花朵也好，树木也好，沉睡的故人也好，我忽然前所未有地相信，他们也许真的，未曾离开过。

站在最后一块山坡上的墓碑前，我转过身，远处五颜六色的建筑密集地沿着地势层层叠叠地耸立起来，那里有晚饭，有游客，有当地人，有满大街骑车的孩子，有坐在湖边吃汉堡的情侣，也有咖啡厅与街头表演，他们在不知不觉间，与这片灰色的墓园迎面相对，彼此张望。

走出墓园的时候，我和多多同学一起，很郑重地说了一声“再见”。

再见，皇后镇的最安静的“活人”社区。

跑一场马拉松：当我奔向远方

2015 年 12 月 6 日，我拿到了人生中第一块半程马拉松的奖牌，在柬埔寨的吴哥窟，一场淋漓酣畅的真实版 temple run。

对我来说，这是生活版图拓荒的重要时刻，坐在烈日灼身的热带街头，我一面抱着一枚沉沉的椰子吸椰汁，一面消化掉心里膨胀的自我感动。

仅需往前追溯上六个月，我还是个连 800 米测验都没有达标过的人，跑步对我来说是除了睡觉外最枯燥的事情，所以“马拉松”这三个字更是这辈子都不可能与我发生任何关系了。可你看，你以为自己一辈子不会做或者做不到的事，就这样完成了。

朋友们向来公认我是他们认识的人里最懒、最拖延、最三分钟热度的那一个。所以，当我开始跑步时，没人相信我能坚持下来，连我自己都不信。

我讨厌穿运动衣，讨厌穿运动鞋，也讨厌满头的汗和通红的脸，总觉得那样又难看又狼狈。专业点说，我耐力极差，肺活量堪忧，伴有跑着跑着走神这种致命毛病，所以全世界都在跑步刷马拉松的时候，我依然躺在沙发上看着《麦克法兰》里奔跑在荒凉山间的越野少年们，事不关己地喝着可乐感叹：“长跑还真是燃呢。”

我打小就怕跑步，400 米在我眼里已是长跑。读小学的时候，学校每年都有越野赛，强迫全校师生参加，我每一次都是走完大半赛程。同样是小学，运动会被迫参加过一次 800 米，结果拿了第三名，因为统共四个人参赛，而原本的第三名因为中暑退赛……到了初中则更丢人，800 米达标跑因为低血糖半途进了医务室。中考体育加试是个 100 米冲刺跑，我跑到一半恍然陷入走神状态，差点停在原地。所以，像我这种走着走着路就能自己把自己绊个大跟头的人，静止才是我人生最大的保障。

可身体并不会真正静止，它在新陈代谢的渐渐迟缓中一点一点撑开原本紧绷绷的肌理，当我站在心血来潮买来的体脂秤上，看到那个触目惊心的体重时，我才真正相信岁月是把猪饲料，而自己的眼睛则是功能强大的美颜相机，我真的不是那个 88 斤的自己了。

发现这令人痛苦的真相是在五月底，我没有丝毫犹豫，当晚就开始了漫漫跑步计划的第一次打卡。

从开始跑步起，时间就在晚上十点以后，偶尔还会超过零点。其实自由职业并没有那么自由，很多时候我写完东西、多多同学修完照

片就已经快要到第二天了。所以我每天给自己的跑步成绩截图一张，名曰“夜跑打卡”。

最开始在小区里跑，跑上 200 米就要停下喘半天，然而坚持了几天就能跑到 400 米、800 米、1 公里，每天我都会给自己加一点量，哪怕多 100 米也好，不着急，但也绝不原地踏步，我深知“完成”这个瞬间的仪式感会给予自己多大的耐力，所以我只有不断去完成一个又一个新的公里数才能不断去坚持。就这样连续跑了半个月，我成功跑下 5 公里，也忽然重新发现了身边原本熟悉的一切。

为了抵抗跑步的枯燥，我和多多同学在小区里发掘了许多不同的角落，每天换着地方跑，那些原本不曾在意的角落都变得熟悉起来，就好像奔跑在一张满是迷雾的游戏地图上，我们不断点亮原本模糊的角落，让整张地图完整可见。

小区的夜晚是个奇妙的小剧场，比如车挡在路中，车窗里传来的对谈听着绝望，跑过去的时候我会想，如果他们突然决定撞死一个人，我是多么倒霉。每天遇到同一只漂亮的秋田，遛狗的好看男生有没有颜值匹配的女友？垃圾堆里放着一面明亮的镜子和一只巨大的哆啦 A 梦气球。醉酒的女生跌跌撞撞，我想我该去扶她一把。保安挨个单元楼打卡，他会不会寂寞？深夜在北门吵架的男人和女人，眼泪与拥抱交替挣扎。接连遇见几次流浪猫后每晚都会带着猫粮出来喂它们。

后来我又想路跑，便绕着小区外围，跑上一圈，差不多就有 3 公里。路过不重样的风景，跑起来会觉得轻松很多。再往后又不满足了，圈子越绕越大，进而发现了有许多人去跑步的公园，一天一天连着下来，纵然在一片黑暗中，都已经熟悉了那些一同奔跑的陌生人。再往后便是奥体、朝阳公园……我们为自己在这个庞大城市里的不同角落插上小小一面旗帜。

到如今，我已经一步步在夜空下跑出几百公里了。我常用公里数去换算某个城市与北京的距离，假装自己早已跑出北京。

有时我会戴着耳机，有时就听周围的声音和自己平稳的呼吸。持续循环的一首歌是《1965》，Can we go back to the world we had/It’s the world we’ve been dreaming of，似乎一直跑下去就能跑回某个甜美的夏日午后。

我住的地方位于航线下方，楼层之间常有夜间航班掠过，轰隆隆穿行在月光与云朵当中，带来许多相聚别离，来到我眼前又平稳消失。我想象舷窗边疲倦旅人的脸，不知道北京是他们的远方还是故乡。

BAYON

PUB STREET
CAMBODIA
Run

我会跑过一条条的斑马线，跑过甜到腐烂的水果摊，跑过路边上百桌的烤串啤酒，跑过礼拜刚刚散场的清真寺，跑过小区门口热闹的广场舞，还有购物中心闪烁的橱窗。跑过夜晚的心情，就像是云开雾散那一刻空气里清冽的味道。

在流很多汗和鼻涕的时候，在宽敞大路上踩着街灯像风一样奔跑时，自身的存在感是那么清晰，我没有在想任何事情，我只是强烈感受自己的存在，每一寸皮肤，每一个器官，都是清清楚楚存在在那里，这种踏实的感觉，我只有在跑很长很长的路时，才会获得。

从起初的不情不愿，到一天天跑上瘾，我常常和多多同学忙到十二点多，他说还跑吗，我说跑。我当然知道坚持做一件事是美德，但有那么多我所喜欢的我都没能坚持下来，却把跑步这件事坚持到了自己的极限。

2015 年的秋天，多多同学随我回家，我们依旧每天变着路线跑，在家附近的公路上跑，在环山路上跑，去体育场的跑道上跑，看着 APP 里记录的跑步地图，我也重新认识了一次自己潮湿多雨的故乡。

背回家的笔记本里有去希腊时的照片，我说有生之年，一定要再去一次雅典，去马拉松跑一次真正的马拉松。

于是非常巧合地，就在那两天，我看到了即将举办的吴哥窟国际半程马拉松正在开放报名，我当即就问另一个长期跑步的朋友去不去，朋友说去，多多同学马上完成付费报名并预订好机票，我们谁都没有给自己一点犹豫的时间。跑步，让我们都变成了更爽快，也更硬朗的人。

稀里糊涂地报名，稀里糊涂添置了许多跑步装备，想到自己居然要去跑一场真人版的古庙逃生，我真是走在路上都以为自己是在做梦。

12 月 4 日深夜，我和多多率先抵达暹粒，5 号一早，我们就兴奋地坐 tuk-tuk 去会场取比赛包。北京已是严冬，可这里还是永远没有尽头的夏天，坐在四面敞开的突突车上，风几乎要把整张脸都吹跑。

取包地点搭起了长长两排帐篷，队伍从里面一直排出来，像缓慢挪动的长蛇。队伍里欧美人居多，毕竟暹粒一直都是他们的度假天堂。有个从杭州独自来跑马的姑娘排队时见到我开心地尖叫起来：“天啊，终于可以说中文了！”之后她便在漫长等待中愉快地聊起她的跑马经历，并热情邀请我参加晚上的跑者派对。我们收拾装备的时候遇到了一对年过 60 的老夫妇，从 2010 年开始，他们已经跑过了 300 多场马拉松，90 场是全马，这回刚刚结束了千岛湖越野跑，在皖南玩了一圈就直奔暹粒而来。

只要在路上，总会遇到很多超乎想象的人，他们是不一样的普通人，在平凡无奇的大地上闪着光，看到这些光芒，我也会觉得自己的人生有无限可能。

5 号晚上，朋友到来同我们会合，次日凌晨三点半起床出发，只见星辰。窄窄的马路挤满了拉着跑者们去参赛的突突车，密密匝匝的车灯从暹粒的大街小巷汇集到去往吴哥窟的主干道上，黎明前的黑暗里，我们同所有路过的陌生人挥手打招呼。

我们的起跑线，远处就能看到小吴哥，在等待起跑的时间里，天空一点点褪去墨色，吴哥城背后朝阳升起，站在身边的陌生人也一点点被看清了面孔，被高高大大的西方人围在当中，我们自嘲是霍比特人来到了巨人国。起跑的瞬间，大家欢呼雀跃大喊大叫，宣泄着长久累积的兴奋，从香港来的男生一面小跑一面挥手和我们说加油。

从六点到九点，我们跑在小吴哥的古迹中，跑在热带的森林里，跑在烈日下，跑在旱季的湖水边，我们跑过一个个城门，跑过一段段久远的传说，跑过巴戎寺的高棉微笑，跑过湿婆神毁灭重生的舞蹈，跑过搅动乳海的长蛇，也跑过不同的肤色，跑过路边等着和你击掌的当地孩子，跑着跑着也会偶尔停下来给孩子们发糖。志愿者们则一面分发补给，一面用各种语言说加油。

我用了三小时跑完了自己的第一个 21 公里，没有树荫的地方就快跑，有树荫了就慢慢跑，跑累了就放纵自己走一走，把冰块使劲抹在脸上抵抗热带毒辣的阳光，冲过终点的那一刻，我知道自己又解锁了一个新的人生副本。小小的一枚奖牌，是我小小人生里，一个大大的见证。

当天晚上我和朋友穿着一样的牛仔背带裙，趿拉着人字拖手拉手在热闹的老市场街头买木瓜奶昔，在 Amok 吃地道的美食犒劳自己，

最后在因为安吉丽娜·朱莉而出名的 red piano 喝酒庆祝。多多同学喝下一大杯明黄剔透的吴哥啤酒，朋友把脑袋伸出窗外，忽然轻轻叹了口气。窗外是被灯光映照得斑驳的热带夜晚，混杂的音乐与不相通的语言在燥热空气里搅拌，我说干杯。

2016 年，我们又去烟台跑了一次马拉松，北方夏末的太阳并不比热带更友好，这一回我跑得更轻松，成绩也更好，带着贝壳状的银色奖牌去看了当时上映的《七月与安生》，刚刚跑完的马拉松忽然变得像一场遥远的记忆，身边的陌生姑娘一直捂着脸哭泣到电影散场。

想要用跑步的方式去丈量的远方有很多，想以跑步来消弭纷扰的时刻也有很多，我知道，没有雾霾的日子，我还要继续我的夜跑，我知道，我们还会跑过世界更多的角落。

当我跑过夜晚，跑过星空，我才知道，跑步是一件多么美妙的事，热爱跑步的人是多么快乐，也知道，多的是你不想做的事，而不是不可能的事。

穿越一次时空：暹粒是这世界一百年前的样子

凌晨三点半，我们一行三人站在暹粒街头，收到 Kun 的微信，他说有些私人的事情需要处理，会请他的朋友载我们去吴哥窟半程马拉松起跑点，我几乎是吼着说："这家伙到底靠不靠谱啊！"

Kun 是我从网上找到的暹粒当地突突车司机，沟通时客气又愉快，结果哪知见他一面竟如此困难。

第一天，说好一起跑马的朋友由他接机，他却忽然有事安排了别人代班。

第二天，也就是三点半的爽约，让我有点懊恼是不是所托非人。

第三天，他终于露面，说好七点半出发，他在七点十分抵达酒店外，微信告诉我们他来了。还在赖床的我非常惊讶，赶紧回信息要他等一等，只是跑马留下的三双残腿很难雷厉风行起来，终于磨磨唧唧迟到了半小时，见面第一句话变成了 sorry sorry。

怎么竟变成了我们的不是呢？可是看到笑得灿烂又腼腆的 Kun，

我真是一点念叨他的心思也没有了。

Kun 瘦瘦高高，很黑，眼窝和两颊凹得厉害，眉骨则又凸得厉害，长得像佛教画里的金刚，圆眼宽嘴，不怒自威，可他偏偏像所有高棉男人一样生来爱笑，所以更像小吴哥城门外引桥上的神族造像。

后来我跟他说我们都觉得你像这个一起搅动乳海的神像哎，他一脸受宠若惊的样子，连声说真的吗真的吗谢谢谢谢你们太好了你们真好。

Kun 带着我们三进三出吴哥窟，整整三天顶着旱季干爽的烈日泡在古老的废墟里，从精致的女王宫到丛林深处的崩密列，传说古时候的国王夜夜登上九重高塔与蛇神交媾算是祈福国家，而我们费力爬上

高台，看见热气球在落日的方向上升，只觉得一砖一石的落寞。我曾看蒋勋写《吴哥之美》，亲眼看到才觉出成住坏空的悲壮来。

最喜欢的一座寺庙自然是巴戎寺，有那么多的笑脸，早上太阳升起，那些笑脸被一张一张地照亮，就觉得自己置身奇迹，也成了不朽的一部分。

每次我们去一点点攀缘那些古迹时，Kun 就在车上扯起小吊床找片树荫睡觉。我问他是不是对吴哥窟都腻味了，他说不是的，“我了解这里的每一个寺庙、每一处废墟，我喜欢吴哥窟，我曾经用一整个月去看这里的一切，是更年轻一点的时候。吴哥窟，是奇迹。我没有办法用英语给你们讲我了解的那些，也回答不了你们的问题，会觉得遗憾”。

Kun 的英语当真已经是很好，比如在荒郊野岭走岔了，打个电话也能彼此很快弄清楚坐标找到对方，可是那些雕梁画栋的印度教传说，也许真的很难用另一种语言解释清楚。

他说起开始没能来接我们，是孩子忽然发烧，还从手机里找出了和妻子的结婚照，穿的是高棉传统服饰，新娘画着很浓烈妩媚的妆容。他说在他们这里，生病是很可怕的事情，很可怕，于是表情就显露出了忧愁，他们这里人一旦真的生了什么严重的病，有条件的就都去泰国治疗了，他们，不行。

他第一次说起中国好，是指着满街的老款日本车，说：这些都是从你们国家淘汰过来的老车，你们国家现在没有这样子的车了吧？我们齐刷刷摇头说没有，可是老车好看啊，他摇头说还是新车好，中国真好，都是新车。

都说生活在热带的人天生懒惰，大概是有道理的。那样炙热的阳光，能把时间烘烤得仿佛停滞，让人只想脱光身上所有的衣服在树荫下躺上一整天，根本是让人无心工作的气候，大部分暹粒人也安于这样的瘫痪，可是 Kun 非常努力在工作。

他在突突车上装了一个绿色的小冰箱，每回从一处废墟里出来就能一眼从一排突突车里把他那辆辨认出来，小冰箱里常备矿泉水、冰镇香蕉和降温冰袋，恨不能一天塞十几瓶水让我们统统喝光。

他要我教他那些寺庙的中文说法，他说他下一步的计划就是系统地学习中文，他说这样能够多赚些钱。此前所有的旅游从业人员都是一心学英文，因为内战结束后，暹粒一直是欧美人的度假天堂。

他说忽然有一天，就接上了三个 50 多岁的中国阿姨，她们一句英文不会说，而那时他也一句中文不会，沟通全靠比画，阿姨用手在空中画了山，又指了指太阳，然后做了下坠的手势并配以“咻”的发音，Kun 赌她们是想看小吴哥的日落，于是载了她们去，果然蒙对了。中午的时候，阿姨们说饿了饿了，Kun 想这个时间这么着急地提要求，大概是要吃午饭，再度蒙对后，他曾一度以为“饿了”是中文“午饭”的意思。

是从那一次开始，他有了学习中文的想法，他说当时他就觉得，以后会有越来越多的中国游客来到这里，所以他开始向不同的中国客人学习一些基本的沟通词汇，同时在网络普及之后注册了各种中国的社交平台推广自己的突突车业务，也是因为他的可以称之为远见的这些举动，我才能找到他。

行程第三天我们去崩密列，他开了自己的丰田车来接我们，我们开玩笑说你们这些突突车司机是不是都很有钱，他很认真地说也不是，他不怕累他很勤快赚钱，所以他确实赚了些小钱。

也是啊，全城都在靠旅游业挣钱，到底谁赚得到真金，谁又只能临渊羡鱼呢？

从崩密列回来他载我们回酒店，告别时敲定了送机时间，我们开玩笑说你可别不告而别让今天成永别啊，他说不会的不会的，他一定准时来送我们。

下车付钱给他时，他忽然说他很少羡慕别人，可是他非常羡慕一个朋友，他在北京，他常常给他发北京的照片，真好。

我们说北京有雾霾，空气非常非常差，没有蓝天没有白云，他说可北京还是好。

他的眼睛就像我们这些天遇见的所有柬埔寨人的眼睛一样，像浮满雾气的深潭，氤氲的，幽幽的，很容易让人觉得里面都是伤感。

和 Kun 短暂分开的两天里，他已经马不停蹄接了新的客人，而我们则在小小的暹粒城里把老市场和酒吧街走穿。

从酒店去酒吧街要经过一条小巷，夜晚走起来，竟然像回到了 90 年代的故乡，热闹又潮湿，垃圾不会及时收走，有院子的人家就在院子里晒月亮，朋友说竟然起了乡愁啊，结果迎面撞上了灯火通明的多乐之日，刚要掉下来的眼泪生生笑了回去。

那两天做得最多的事情就是吃粉与喝酒。

我对吃粉这件事已经迷恋到半夜十二点突然把多多同学拽出酒店，

去老市场的街边吃夜市小摊上的牛肉米粉。一碗米粉分量不大，香气却浓郁，把不认识的绿叶菜悉数泡进滚烫的汤粉里，混合着东南亚食物特有的香料气味，在夜晚晴朗的北纬11度，热腾腾地将米粉吃下肚，再喝上一口一美元的木瓜奶昔，简直此生无憾。

而零点后的酒吧街，常见漂亮的美国大妞集体站在桌子上跳舞，甩起浓密的长发，在夜色里有一种决绝的性感，走过的路人吹起口哨，酒吧连着酒吧，街摊连着街摊，彩色的灯次第更替，所有的背景音乐都不肯退让半分，熙熙攘攘的小城街头，是全然的醉生梦死。

总是很难相信，这里是刚刚结束内战才二十年的地方。那一刻我忽然在想，对当地人来说，这些送美金来的白人不是来自西方，而是来自未来，一百年以后的未来。

内战炸毁了整个国家的电话线，所以这里没有电话，只有手机，大多还是黑白屏幕的老款，那也只有在暹粒或者金边做旅游业的人才买得起。十年前吴哥窟里的地雷才被全部清理干净，在郊区以及乡下，依然不能走标记道路以外的区域，否则随时都可能踩雷。因为地雷而造成的残疾，是突出而棘手的问题。其实，这是一个非常非常贫穷的国度，没有制造业，更没有基础产业，因为吴哥窟对旅游业的带动，导致了很不健康的经济模式，那就是人人都知道，在吴哥窟首先要学会怎样应付乞讨的孩子。而旅游业也导致了整个国家贫富差距如天地悬殊。

我想起后来有个朋友去吴哥窟，请了导游，导游说："你们中国人是不是总觉得社保制度不够好？我告诉你们，我们柬埔寨人只有一

种保险，那就是自保。排雷到现在，我们全国人民还能每人分到半个地雷，所以我们很知足，能活一天是一天。你们中国开始人口老龄化了吧？我们没有这个问题，因为我们平均寿命才 56 岁。”

朋友说你们这些摄影师都是骗子，80 年代中国一样的地方怎么就能拍那么美。

我说不是的，我是真的觉得那是个很美的地方，吴哥窟简直美得吓人，可是美，已经是个非常非常遥远的事情了，有些美并不属于今天。

虽然暹粒的繁华都是假的，可是高棉的微笑是真的。这里的普通人，只要一笑，我就觉得他们真是可爱。

吴哥城外引桥上的神像纷纷在内战里被革命军砍掉了脑袋，再也看不见眼前的动荡，内战里，人们的眼睛也被蒙上，假装什么都看不见。战争里从来没有重建与修补，只有无止境的破坏。古老的高棉王朝遗弃了这座旷日持久雕筑的吴哥城，一段历史好像也就顺理成章地结束了。可是今天，我们不会再随便遗弃一座城市，也无法轻而易举掩盖一切痕迹，国际救援组织前赴后继来到这里消除战后普通人的身心创伤，只是战争过去之后，一切补救都像是欲盖弥彰的粉饰。

在某种意义上，吴哥大概和南京城一样，在同一块地方，有一代代的君王，一世世的传说，新的伤痕遮掩旧的结痂，骨头缝里早已是废墟一片。湿婆神的舞蹈，搅动乳海的大蛇，雕刻下来的史诗比文字更生动，到处都有洪荒的传说，却并非处处都有巴戎寺这么触目惊心的微笑。

来到这里之前，我看了《真腊风土记》，看了各种与高棉历史相关的文献资料，还有那场旷日持久死伤数万人的内战，那个曾经在我的认知里只有吴哥窟的国家变得好像已经去过无数次一样。那段时间，我像个话痨一样反复对朋友们诉说柬埔寨给我的各种震惊，我很难想象，在我每天放学坐在电视机前看《灌篮高手》喝饮料时，有个雨林深处的国家正在经历血雨腥风。

而今我打暹粒的烈士陵园走过，风和日丽，天朗气清。

离开暹粒当晚，Kun 开车来接我们，副驾驶坐着他的小女儿，四五岁的样子，忽闪着一双大眼睛偷偷打量我们，Kun 说 say hi，她就奶声奶气地说 hi，然后用手捂住脸扭过头不肯再搭理我们。

Kun 说她一定要跟他出来，一直哭闹，他心软了，非常抱歉。

我们连忙说为什么要抱歉，多幸福啊，女儿想跟你黏在一起。

一路上 Kun 都试图引导女儿用英语同我们说话，可惜漂亮的小姑娘实在太过害羞，我说柬埔寨也像中国一样开始流行英语要从娃娃抓起了吗，他说不知道别人是不是，他希望女儿早一点学会英语汉语，以后就可以出国。

“我还有一个儿子，不过不在身边，我送他去金边的国际学校上学，现在念小学。”

“这么小就送出去不会担心吗？”

“会，最怕生病。但是想让他接受最好的教育，只有去金边，我想让他以后能去中国留学，要是我再赚得多一些，就去英国也行，不

要留在国内。”

“女儿以后也这么打算吗？”我说着冲扭头来偷看我们的小姑娘眨巴眼。

“是啊，不过因为是女儿，所以更舍不得一点。”说完他哈哈笑起来。

“你们的小娃娃都长得好美，太可爱了。”

“是吗？可是我觉得中国的小孩比较漂亮。我们的小孩太黑，你们皮肤白。皮肤白好看。”

我想起很多年前和一个美国朋友聊天，他说他真不明白为什么中国的姑娘总要把自己弄得很白，白有什么好，黑才好看，才健康，有小麦肤色的人才会被认为是有钱人，因为有钱去海边度假晒太阳。

我当时的回答是，自己没有的，就总觉得好，所以你们觉得黑好看，因为白有什么稀罕。

只是白人说黑皮肤好看时是一种隔岸观火的姿态，Kun 说白皮肤好看时，是一种切实的渴望。

临别的时候，Kun 还是坚持塞给我们两瓶水，一直要女儿跟我们说 bye，我说其实我们都是一样的，我们都想寻找一个更好的地方，但是欢迎你来北京，如果你来北京一定要告诉我们，我

们请你吃烤鸭!

他说他这辈子最大的愿望就是能去中国，能去北京。

虽然我们不能理解这个愿望，但我们能理解高中就把孩子送去北美的父母，能理解十个同学八个出国，能理解去到喜欢的国家时就喊一通“移民吧”。

所以最好的地方到底在哪里呢？也许根本就没有这样的地方，当全世界都想去美国的时候，美国人已经想去火星再也不回来了。

我在机场寄走了给朋友和自己的明信片，坐在登机口翻看在书店买来的柬埔寨版《小王子》，虽然一个字也看不懂。

在通知登机的广播响起时，我忽然觉得，不同的国家之间相隔的并不是空间，而是时间，是用十年、一百年来计算都弥补不上的那些时间。

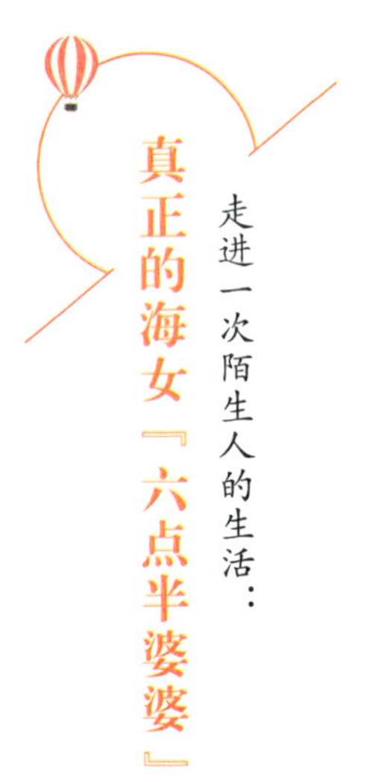

走进一次陌生人的生活：

真正的海女『六点半婆婆』

遇见六点半婆婆的那个夜晚，我和多多同学拎着超市的大口袋，在济州岛黑漆漆的荒凉公路上，走了两个半小时。

我们住的民宿在犀牛峰东面，深藏于海边村落，窗外是一整面连接远洋的海湾，平静的时候多，大风大浪也有时。民宿漂亮的小院直接与海相连，愿意的话，可以在黑色礁石上看一整天潮涨潮落。

那是我们住下的第一天，民宿的老板是笑容温柔的大叔，在我们安顿好后，开车载我们去山崖另一侧的海边。

正是日落前，渐渐起风，白花花的海浪从红色的天边一层一层涌过来，五月底的海水依然冰凉，只是踩着海浪、迈出在海滩上奔跑的第一步时，我瞬间就遗忘了陆地。

跑累了，我们坐在岸边一面清理沾满泥沙的双脚，一面看遥远的落日，而后开心地去超市采购，到这里，一切还很顺利。

如果不是在多多同学拿出大叔的名片，准备让店员打电话呼叫大叔来接我们回去时，我忽然说，开车过来的时候觉得不是很远，要不我们走回去吧，如果不是我又说出了这样本该被警惕的话，可能我们就不会遇见六点半婆婆了。

明明记得没有那么远，可是走了一个小时还没有看到去往村里的那条小路。路边全是黑乎乎的密林，每隔一两百米才有一盏白惨惨的路灯，偶尔呼啸着驶过的也都是长途货车。

海水的咸腥在乡下的夜晚慢慢发酵，酿成胆怯，我紧紧抓住多多的袖子，左右张望，总觉得下一秒就会从一旁的密林中跳出挥舞尖刀的变态杀手。

路灯简直成了我唯一的希望，我只想快快挣脱黑暗走到光下，稍微获得一些安全感。就这样走过一盏又一盏路灯，终于在两个半小时后我们走上了回民宿的那条碎石小路。

因为过来的时候是白天，并且叫了出租，所以当时根本没有发现这片村落竟然有这样多的分岔小路，这样多低矮的房子，于是，我们很自然地迷路了。

大概肚子饿的时候比较容易急中生智，我想民宿的院子既然在海边，那么只要往海边走准没错。其实村落里的夜晚非常安静，可我们还是对彼此做了一个嘘的手势，也许吵闹不安的是我们自己的心情吧。

嘘，只要安静下来，就能听见海洋的声音，在不远处哗啦哗啦地往复着。

于是我们便顺着海水的声音，往一个方向走，忽然，一阵犬吠打破了村庄的沉寂，或者说死寂，我吓得惊叫了一声，犬吠也更加凶狠急促起来，只听一阵仓促的小跑，一只身形硕大的土狗就从某个院子里蹿了出来，冲着我们龇牙咧嘴，气势汹汹挡住去路。

跑也不是，不跑也不是，雪上加霜的是，这里似乎家家都有看家犬，这一只的嚎叫引来连片呼应，一时间柴门犬吠此起彼伏，毫不夸张，我真的相信自己要被咬死在这荒郊野外了。

就在我们不知所措的时候，忽然听见了人声，似乎是老婆婆的声音，但底气十足，特别洪亮，她重复着一个简短的韩语单词，我们虽然听不懂，但从那条挡道恶犬的表现便能猜得出，老婆婆大概是它的主人，正喝住它，叫它回家。

“恶犬”很不甘心地又冲我们叫了两声，便转身朝主人走去，老婆婆的身影也隐约浮现出轮廓来。

她弯着腰把狗推回院子，虚掩上门，慢慢朝我们走过来。

借着低矮院墙上挂着的小灯，大概能看清老婆婆的样子，就像每日市场里看到的所有老婆婆一样，皮肤粗糙，皱纹清晰，身材娇小，可是看起来却有点坚不可摧的样子。

我们连忙向她道谢，她笑眯眯地摆摆手，大着嗓门说了好几句话，我们自然是一句也听不懂。老婆婆指了指自己，又指了指某个方向，而后转身就在前面走，招呼我们跟上去。

平时的韩国电影没白看，我多少是听懂了“走”这个字，便连忙跟上去，明白婆婆是要给我们领路。

明明看起来已经70岁上下的老人，脚力却那么好，我和多多都无法轻松跟住。

顺利回到民宿后，我们简直不知怎样才能表达谢意，只能一直说谢谢，中文韩文英文混着说，一遍又一遍。老婆婆也笑呵呵地说了些什么，做了些我们不太看得懂的手势，又和在前台忙碌的大叔挥了挥手，大声嚷嚷了两句，便离开了。

就像在电影里常常会看见的韩国老人一样，衣服穿了很多层，许多颜色叠加在一起反而看不出一点鲜艳来，驼背，走起路来脚下生风，很快就消失在夜色里。

大叔说他往超市打了很多电话，询问是否有中国客人在找旅舍，一直担心地在等我们，听说我们竟然是走回来的，他做了一个异常吃惊的表情。往后的几天，他把我们的壮举讲给了这里的每一个客人听，若是我们恰巧在场，他还会特意指着我们对人家说，就是他们，而后

爽朗地笑上好一阵子。

大叔说婆婆姓金，至于名字，从发音来判断大概类似贞淑。他竖着大拇指说金婆婆是村子里最厉害最有钱的海女，一辈子都没有离开过这片海湾，从他记事起就日日看她与其他海女一起下海抓鲍鱼，去过最远的地方是济州市，今年已经72岁。

是真正的海女吗？真正的？我也不知道自己为什么问了这么个蠢问题，并且还莫名其妙地重复了两遍真正的。

大叔很温柔地点点头，说，great。

在做济州岛的攻略时，许多地方都提到了在城山日出峰和济州市有海女表演，看过了解过，和触手可及，是两回事。

次日清晨六点多，我们哈欠连天地起床，清晨的大海蓝得不像话，太阳还没有升起，海水看起来格外温顺。如果日日都在这样的窗边醒来，大概就不会有什么烦恼了吧。

差不多六点半的样子，窗外的近海处忽然多出了一些彩色的圆球，仔细看了看才发现那是类似浮球的东西，进而看到有三四个身着黑色胶皮潜水服的身影，整齐地排成一排，上上下下反复扎进水中，扎下去的时间很长，脚蹼露在水面上，有些滑稽。

愣愣地看了一会儿，我才意识到那是海

女啊！是真正的海女，是在工作，而不是表演的海女！

我连忙隔着窗户抓拍了一张，随后披了外套飞快出屋下楼，想要看得更清楚一些。穿过满天星盛开的小院，我这才发现院子边上有间小屋，起皮的外墙上挂了好几套潜水用具，还有网兜、浮球，这大概就是海女们共同使用的更衣室。小屋外是一条不算长的栈道，方便海女下水。

我在栈道边随便坐下，看海女们一下下倒扎进清晨冰冷的海水中，连续地，没有一秒钟的停顿与休息。非要亲眼看到，才能感受到那种在海中求生计的壮烈。没有专业装备，一切全靠自己老迈的心肺支撑，我想起《碧海蓝天》里，让·雷诺饰演的潜水员说，只有抱着必死的决心才能得到美人鱼的爱情，在海底，蓝天变成了回忆。

海女也是这样吧，她们不要美人鱼的爱情，她们要鲍鱼的价钱，那种与年龄相左的力量让我呆呆注目了好久。

大概七点多的样子，有两人出水上岸，我立即认出了金婆婆，连忙拍拍屁股站起来同她打招呼。金婆婆也认出了我，扯开大嗓门同我说话，我也嗯嗯啊啊地点头回应，鸡同鸭讲了好一阵子，其实谁也没明白谁在说什么。

当语言真的成了最大的问题时，它也就不是问题了，很多时候，我们可能真的不需要语言。

之后的两天也是如此，金婆婆总会在六点半钟准时下海。于是我学会守株待兔，早早在小屋门口等她，好奇地看她穿潜水服，做准备，还要趁机伸手去摸上一摸那套在我看来无比神奇的装备。金婆婆依旧会不停地和我说话，我总觉得她是在告诉我什么样的时候鲍鱼抓得多，什么样的时候会白忙一场，而我最想问她的，是做了一辈子海女的她，对大海，究竟是喜欢还是厌恶，她怕过吗？

有一次金婆婆抓上来一条章鱼想放在我手上，我慌忙把手背到身

后弹开三米远，引得她哈哈大笑。我猜她在洪亮的笑声里说的那句话大概是，现在的年轻人啊……真是没用啊……

大叔说，金婆婆的老伴十年前病故，现在一直一个人住，除了极端的恶劣天气，什么也阻挡不了她每天六点半准时下海。金婆婆的大儿子在出海打渔时出了事故，小儿子在这里结婚后和妻子一起去了首尔开餐厅，生意做得不错，好多次要接婆婆去首尔，都被婆婆拒绝了。

在并不发达的海边村落，有海女的家庭几乎就算得上是“首富”，所以村里人总说金婆婆是财迷，舍不得那些等着被她换成钱的鲍鱼和珍珠贝。

“她每个月都要单独汇给读大学的孙子很多钱，儿子给她的钱她也全都给了孙子。”

“孙子会常常回来吗？”

“小时候放暑假就回来，但是金婆婆不让他下海，要是发现他偷偷下水，就会饿他一晚上。读中学以后，也就新年才会回来了。”

听大叔说这些的时候，我和多多刚从牛岛回来，坐在大厅里喝老板娘手冲的咖啡。

那一刻，我就好像在看浩瀚夜空中无数颗闪烁的星辰，那些数也数不过来的星光，都带着亿万光年的岁月在你面前燃烧。整面夜空里同时闪烁着无数个亿万光年，就像星空下站着的我和你，这些漫长的时间轨迹中，都有怎样的欢喜或者失落，全都不足为外人道。

每一颗星都和旁边的那颗星看起来差不多，就像我们每天擦身而过的陌生人，如果不曾为彼此稍作停留，那么我们永远都是面目相似的陌生人，我们永远也不会知道每个人身后漫长的历史故事。

所谓人生，并不是经过了跌宕起伏，就能拿眼泪或狂喜去夜晚的胡同口换一顿陌生人的大酒，仿佛自己变成了传奇。没有人会成为传奇，我们中的大多数，也只能像金婆婆一样，无论失去儿子还是失去爱人，都还是要一天天重复出海，重复劳作，日复一日。

离开前的那一天，我们回来得依旧很晚，走过第一次遇见金婆婆的路口，忽然看见她在灯下冲我们招手，依旧很大声地说着我们听不懂的话，塞给我们一袋通红的泡菜。

那天晚上我们在房间里煮泡面，加了金婆婆给的泡菜，听着风吹海浪下饭。

第二天的六点半，我们没有看见海女出海。大叔说婆婆们是结伴去了济州市赶集市。我手里还握着相机，想在离开前为她拍一张郑重的照片，结果却连说再见的机会也没有。

虽然这辈子可能都不会再次见到六点半的海女金婆婆，可我竟然见过她下海的样子，见过她的笑容，听过她的声音，吃过她可能是专门为孙子腌渍的泡菜，到现在，我依然觉得幸运。

自拍一套婚照：定格我们的爱情

小的时候，我特别向往二十七八岁，觉得那真是最好的年纪，又年轻，又独立，可以抽烟喝酒谈恋爱，可以穿长裙短裤高跟鞋，可以赚钱花钱，谁的话也不用听。

当真到了二十七八岁，我忽然陷入中年危机，路上见着十几岁的学生心里全是嫉妒，觉得世界是属于他们的。朝气蓬勃当真是属于少年时代的词，虽然当时觉得它太普通。

渐渐地，我们说得最多的一句，是时间怎么这么快，那是三年前吗，那是两年前吗，我怎么觉得就是去年而已啊，而身边人的情谊，最长的竟也能够数过两位数。

时间寸步不停，即使意识到这一点也并不能让它慢下毫厘，所以，我能想到的最好的方式，大概就是拍下更多的照片，真到老得哪儿也去不了的时候，还可以翻看照片记起自己年轻时候的样子，还可以和喜欢的人一起看看当时爱情的模样。

所以，我和多多同学无论去到哪里，都会专门留出时间自拍一套合照，在南京的街头，在济州岛的海边，在新西兰的皇后镇，在烈日炎炎的暹粒，在青岛的八大关，在遥远的新疆，瘦瘦的三脚架就是我们的私人摄影师，天涯海角，我们总是对着它咧嘴笑。

我们第一次自拍合照，是在南京，雨后的民国建筑群附近，心血来潮权当好玩儿。真正开始将自拍固定为旅行中的习惯，是从 2015 年的五月，我们去济州岛自己为自己拍婚照开始的。

2015 年伊始，我们着手为两个人的新生活做各种各样的准备，要把房间装修成喜欢的样子，要筹备复杂的婚礼，要开张小小的摄影工作室接拍客片、制作视频，就这样马不停蹄忙到五月，初夏有了影踪，忽然被催促说你们拍婚纱照了吗，再不拍要来不及了，要快拍啊！

婚照啊，我们在北京的各种公园里围观过不少次婚纱摄影，常有一个摄影师带着两三对新人，在一片死气沉沉的人工湖边轮流咔嚓，一样的造型，一样的表情，只是不一样的脸，等回去 PS 之后，大概连脸也差不多了吧。况且我们也给不少情侣拍过充满美好回忆的轻婚纱照，所以自己的婚照，难以心甘情愿假手他人。

到底该怎么办呢？拍是一定要拍，又想拍得不一样，我翻来覆去想了一整晚，早上一睁眼就对多多同学说，我们找个风景好的地儿，自己给自己拍婚照吧，把这件事在旅行的途中解决掉，至少不会有什么遗憾了。

多多同学欣然认同。时间有限，我们合计了一下，飞快敲定了济州岛作为目的地。碧海蓝天，清洁街道，清淡色调，飞一趟济州岛比飞到云南还要近，免签，随时可以出发。

我们决定之后就开始准备拍摄行头，我买了一条白色及膝连衣裙，一双裸粉色小皮鞋，一块直径一米五的头纱，和多多同学准备了一对胸口绣有棒棒糖的白衬衫，还有一白一绿两件《丁丁历险记》的T恤，短裤和鞋子都是浅淡的薄荷绿，道具则带去了松枝浆果花环做头饰，捧花则是一大捧风干的满天星。

就这样搭乘两个半小时左右的飞机降落在了这座中心处是休眠火山的北方小岛，开始了为期一周的自拍婚照之旅。摄影师是我们，造型师是我们，模特还是我们，如果说爱情是两个人的事，我们就是想一起把这件事坚持到底。

试拍是在中文区的泰迪熊博物馆，因为我们发现室外小花园里有

很多用来跟游客互动的泰迪熊造像，觉得拍起来会很有意思，顺便可以和相机磨合一下，同时也练习一下当街自拍的厚脸皮。

第一次正式拍摄是在离开西归浦的前一天，海岛总是有更强烈的日光，所以我们不到六点就爬起来，穿上一模一样的白衬衫，穿过大街小巷，走过偶来小路，来到渔人的码头。沿街人家好看的蔷薇花，还没有开始营业的别致店铺，彩色的小路，长长的栈道探进浅浅的海湾，我们一路走一路拍，觉得哪里都好看，哪里都能拍出有故事的画面，大概是因为无论到哪里都是两个人在一起吧。

高高兴兴拍完收工才刚刚八点半，于是我们回到酒店吃了早饭，又酣睡了两个小时才开始一天的行程，丝毫也没有因为拍摄任务而耽误吃喝玩乐。

第二组照片我们穿上了《丁丁历险记》的 T 恤，在离开济州市前沿着滨海步道蹦蹦跳跳地一路拍到我喜欢的红色灯塔下。

济州岛本身就像是个巨大的灯塔博物馆，飞机降落前就能在空中看见梨湖木筏海滩的小马灯塔，落地之后，更是到处都能看见工作中的灯塔们。终日生活在陆地上的我们很难想象深夜里来自灯塔的一束

光对海上的船只究竟意味着什么，只好想象，那大概就是来自家的讯号吧。

我们向往漂泊，却也需要转身能够看得到岸，所以风浪痛快，可家却凝固了所有对美好的期待。

终于要拍替代婚纱的白裙了，真是很难想象我竟然顶着花环穿着白裙一级一级爬上了城山日出峰。在游客熙攘的山道上，我们架起三脚架，做鬼脸做笑脸，屏蔽掉周遭的人来人往，一起编着情节帮自己入戏。为了等一个空镜，等过一拨又一拨的人群，一个人做会不好意思的事情，两个人一起就所向披靡。

在绿草如茵的山顶，在海浪拍打黑色礁石的崖边，我们听着风声，借天地间好看的一处场景，留下那一刻不管不顾的笑脸。

下山之后在咖啡馆稍

作休息，我们就去城山港坐轮渡奔赴牛岛。岛上的风出奇大，把我刚刚剪完没多久的短发吹得直往脸上糊，迎风骑单车，整个人都有一种神经错乱的欢快感。

许多年前，我在看《触不到的恋人》时，并不会想到自己会来到电影里的那片沙滩。那是我非常喜欢的一部电影，美国曾经有过翻拍版本，但远没有原版动人。

海边的孤独小屋，邮箱里来源不明的信件，隔着时空的罅隙与一个人克制地相爱，这是黑头发的我们才会有的爱情啊。

环岛途中陆续拍下那些并没有提前设计过的画面，我们在路边亲吻，在风里挥起头纱，在海边的彩色长椅上仰头哈哈大笑，在单车上踩出一遍回不去的少年时。我们一遍一遍调试参数，一张一张试验光和角度，我说这样你说那样，最后定格得措手不及。

爱情里不会永远都是快乐，但此刻的快乐一定会被长久地记住，再经由这一张张定格的照片反复提醒这一段身披白纱的长途跋涉。

最后三天，我们刻意避开闹市，住在犀牛峰附近的海边村落。院

子连海，窗外就是一整面大海和犀牛峰，月亮挂在影影绰绰的山崖上，晚上枕着海浪入睡，清晨能够看到村落里的海女下海劳作。

大海让人畏惧，又让人心生欢喜，漆黑夜空下，只听到汹涌的海浪翻滚着吞没掉一切的声响。海浪的声音，就是地球的声音吧，从很遥远的时空来，消失在触手可及的岸边。

晚上我们披了衣服坐在院子里，吹着凉风看相机里的照片，把在房间煮好的饭拿到院子里来吃，聊一些一夜之后可能就会忘掉的闲话，而忘不掉的是我们对未来依然有期待，这期待，让人心安。

结束这趟旅程的当天早上，我们又起了大早，在精致的小院里拍摄最后一组婚照。有草坪，有满天星，有长椅，还有礁石与海风，以及那么一点点的舍不得。

带着两张满满的存储卡，我们坐上了回程的航班，回来之后用了很长的时间筛选照片、修图。这些照片被我们用进了电子请柬，做成了暖场视频，做成了海报，做成了桌卡，也做成了小糖瓶上的标签，自然也洗了出来贴在房间的各个角落。

现在偶尔扭头看见沙发背后的照片墙，看见你的白衫我的白裙，我就会想起西归浦吵吵闹闹的市场，哦雪绿茶博物馆的茶园，生态乐园的小火车，月令里的仙人掌自生地，梨湖木筏海滩上的小马灯塔。我们几乎辗转了岛上每一个想去的地方，却仍然觉得不足够。

想用一生的时间来好好看一看我们生活的这颗星球，显然是无法实现。哪怕只是像济州岛这样的小小岛屿，也足够惊艳我们很久很久。

婚礼的主题是旅行，每个人对爱情都有不同的想象，对我来说，可能就是我坐在奔驰的列车上，没想到你会在某一站上车，票面上的座位号在我旁边，目的地与我相同，于是我们要一起走完这一趟单程旅途，从此沿途要看相同的风景，遇到相同的过客。为了证明我们曾一起看过的窗外风景，一起短暂停留过的沿途小站，我们开始从去过的每一个地方带回两个人的自拍。

旅途里用眼睛看见的风景，用嘴巴吃下的地道美食，用耳朵听说的陌生人与事，还有身边的你，一个都不能少，这才是我想要的旅行啊。

找一样东西来收集：城市杯，冰箱贴，书签，以及走过的路

我的书桌旁边是从宜家买来的蓝色三层小推车，最上层放着七八只杯子，用作笔筒，分别装着马克笔、记号笔、荧光笔、彩铅、钢笔、笔刷等一众手账书写工具。这些杯子都是口径一模一样的马克杯，它们全部来自星巴克，但却并非来自同一个地方，它们曾经隔着许多时区与纬度，但最终，都停留在了我的小推车上。

每一个杯子上面都是一个城市的名字和代表当地的标志性图案，也就是说，我从那些城市一只一只带回了这些毫无新奇之处的杯子。

世界已经被网络缩小到跑遍天涯海角也无法弄丢自己或者弄丢别人，所以，动动手指，没有什么东西是无法被购买的，太方便，也太无趣，旅游纪念品因此变成了鸡肋一般的存在。

只是，我们虽不必要在去过的地方刻下“到此一游”的痕迹，却也实实在在想要随身带回些什么来。这个不远万水千山带回来的举动本身，就饱含有无法与别人共情的仪式感。随身带回，摆在家中，每

回目光不小心打到，或者来到家中的客人随口问起，都能轻而易举提醒自己去到过的那些远方，小小的物件里冻结了日常不会专门想起的一块时空。

比如多多同学无论去哪里都一定要尝一口当地烟草，把空烟盒带回来。

而我的选择更为普通——冰箱贴，像勋章一样布满冰箱，旅途上看书弄丢书签，结果一发不可收拾地收集起书签来，还有也是一不小心开始的星巴克城市杯。

我的第一个城市杯来自西安，草长莺飞的四月，在大雁塔附近，我也不知当时为何要去星巴克排队买一颗橘子味的棒棒糖。排队的时候看展柜上的杯子，身边的朋友彤说，每个城市的星巴克都只卖自己的城市杯，也挺好玩是不是。是啊，于是我们一人拿了一个画着兵马俑的西安杯让服务生包了起来。

兵马俑画在马克杯上并不好看，是平时绝不会买回家来的东西，

但从店员手里接过来的时候，心里居然有点美。

这个举动无关审美，只关乎现在我看见红底杯面上严肃得有些好笑的兵马俑大叔时，就会想起我和彤分别从北京和哈尔滨飞到西安，她在登机口等我，一年没见的我们在西安过了个热烘烘的春日周末，还有一份又一份牛肉泡馍、肉夹馍、小酥肉、烤面筋、麻酱凉皮……

高雄杯一样盛满了食物的气味，高雄夜市上我来回走了三遍，喝了三杯浓浓的木瓜牛奶，吃了虾、鲍鱼、鱿鱼、乌鱼蛋烧、大肠包小肠、牛轧糖、豆花，和内地的物价比起来，台湾的夜市就好像是不要钱，我吃吃喝喝撞上了星巴克，买下了收藏里最便宜的一只城市杯。

对收银小妹说比内地便宜呢，小妹惊讶地说是吗，我以为全世界的星巴克都一样耶。

我也这样以为，所以在奥克兰因为买杯子而被赠送了一杯拿铁时，不知有多惶恐。

在奥克兰的时候，恰逢周末，除了中餐韩餐日料之外，沿街所有店铺一律歇业，连星巴克也在下午四点半早早关门，以至于我们外出回来住地连续扑空，最终在临走前一天赶上了营业时间。

我只想要马克杯的系列，展柜上没有，两个服务生一起帮我找，终于找到了库存里仅剩的一只杯子，黑人姑娘说买杯子赠送拿铁，我确定了两遍才相信。

我拎着包装好的杯子，握着一小杯热拿铁，和多多同学一起散步到附近的海滩，忽然一下就人声鼎沸起来，似乎整个街区的人全都来到海滩上开派对。有人拖家带口在海边绿地野餐，有人带着爱犬冲浪，

DUODUO&YAOYAO FOTOGRAPHY
Standard

有人打沙滩排球，有人并肩等落日。

海水漫过的黑沙滩像一面光滑的镜子，我看着海浪涌过来的方向，这里是南太平洋，是颠倒过来的世界，真是难以想象。

就这样看了一场海上落日，日落的同时很快起风，冲完脚我们提着鞋子光脚从海边一路走回酒店。回到房间的那一刻，天空顷刻暗下来，我们都想努力记住这样一个即将告别的时刻。

和黄告别的时候，我也带了这样一个城市杯走，是合肥杯。

同黄做了十多年朋友，在弄丢一个人很不容易的今天，想留住一个人也同样困难，我经常感叹说那些没有因为疏远而消失的情谊都是岁月的奇迹。朋友之间，强硬绝交老死不相往来是少，多的是不知怎么就慢慢断了联系，从无话不说到你再也不是我第一个想去分享心事的人，就像爱情的消失一样，没有原因，没有对错，只是消失掉了。

对我来说，阿黄是这样一个奇迹，特别是从念大学开始，我们就始终在不同的城市。

毕业后她留在合肥工作，所以假期回家我们也难得见上几面，她总说让我去合肥住上两天，可也总有这样那样的安排没能成行。后来我开始做人像摄影，才下定决心带着相机去找她，理由是拍一拍独居女青年的日常。

是一个周五下午，我去她工作的地方

等她下班，吃了晚饭在银泰附近轧马路，就是在那里买了合肥杯，两个人还额外买了一样的樱花保温杯。再走回她的小公寓，我给她化了妆，拍了照，她人生第一次下厨给我煮意面，晚上我俩裹在一床被子里说着话各自睡着。

她最常对我说的一句话就是，无论你做什么样的选择，我都是最支持你的那个人，无论你走了多远，也要记得回头看看，我总是在那里。

合肥杯上的包公也是一样严肃到尴尬，可每当我看到的时候都会想到那两个我和黄睡在一起的晚上，想到第二天公寓楼里有人家煤气爆炸，我踩着满地的水一步一步慢吞吞走下 22 层。

黄来北京出差，帮我客串摄影助理，我带她吃我喜欢的小面、油焖鸡、涮肉、吴裕泰的花茶冰激凌，喝五道营里的 flat white，常常收到她寄来的礼物，胶带纸、点心、Mocca 的小鱼饼干。

未来的事说不准，可黄这个奇迹，我总希望还有下一个十几年。

爱情也是这样吧，我们不太愿意说长久，但又对长久有期待，细水长流更多的是想建立对自己而非对对方的信心。

济州岛的城市杯装的是爱情，是我和多多同学一起扛着三脚架大街小巷自拍婚照的那些天，杯子上有落日有海女，旅途里奇妙的际遇也都能因此被一一想起。杭州和上海的城市杯，是多多同学第一次去到江南这些美好的城市，两个人的事情没有那么多跌宕起伏，只想一起走过更多的路就好。

我原本设想让朋友们挑一个自己喜欢的城市，把这只杯子留作他们的专用，但利用率确实没有那么高，索性用来装各种各样的小工具和笔，也算物尽其用。

其中一个杯子里就装满了书签，有磁铁的，有木质的，有传统的纸笺，也有做成各种奇怪形状但都很实用的，在雅典的机场买了两对小书签，在屯溪老街买了一套手绘皖南古镇的书签，从一开始不经意地买下，到后来刻意去搜集，那也是属于旅途美好回忆的一部分。

有的朋友会收集可口可乐的包装瓶，摆满一整个柜子，看起来颇为壮观，第一次看见的时候我很震惊，我从没想到可乐有过那么多种好看的瓶子，干干净净摆出一面亮堂堂的红色来，没有什么用，却很满足。

也有朋友收集一切喝过的酒瓶，有的用来插绿植，有的就摆墙根，瓶盖也都悉心收纳，每次去她家里的时候，她都会指着同一个瓶子说，看我们喝过的，于是就反复想起坐在窗台上喝酒看万千窗口万盏灯火的夜晚。

还有人收集每件衣服自带的备用纽扣，小小的铁盒里装了几百颗纽扣，轻轻一摇就哗啦啦作响。有人收集缘子小姐的扭蛋，有人收集电影海报，有人收集商品吊牌，有人收集树叶与花瓣，我也遇见过收集不同地方的水与泥土的旅人。这些小东西都不难获得，一件件累积起来，却有意外的治愈力，因为所有物品，都是回忆。

只有在自己的回忆里，我们才能一再确认自己的存在感，可能人生的终极问题，除了吃饭，就是证明我存在过吧。很奇怪，我们往往无法从他人身上获得这种存在感，但在物品上却可以：亲手粉刷过的墙壁，亲手挑选回来的家具，一张一张拍下的照片，一样一样从外面带回家里的小物件，所有的时光都可以凝固在四四方方的小房间里，置身其中，我们心满意足，我们对彼此来说都无可取代。

身份、职业、关系，与他人之间的连接没有什么是不可取代的，所以我们如此喜欢与物品之间的关系，在短暂数十年的拥有里，我们相互独一无二。

当然了，一切都不如快乐更有说服力，每天看着手边的城市杯，开冰箱取牛奶时世界各地的冰箱贴固定着盖满世界各地邮戳的明信片，看书的时候随手夹进去的书签，或像此刻如数家珍，只觉得走过的路不虚幻，未来的路可期待，就是这种瞬间的只为自己而感到的快乐，就是收集所带来的全部乐趣。

当然此刻拥有的一切不会永远拥有，就算有天他们又将从我手中散开，没关系，我们短暂地彼此陪伴过漫长的一生，我满足过，专注过，也算是不虚此行了吧。

置身一场少数民族婚礼：致我亲爱的维吾尔姑娘

傍晚七点，乌鲁木齐忽然下起碎屑一样的小雨，我和多多同学加快脚步，在国际大巴扎门口过了安检，匆匆一抬眼，就看见了你发给我的宴会厅。那一刻，我的新疆之行才变得格外真实起来。我真的来了新疆，也真的是因为你要结婚了。

时间倒转回十年前，2007 年的九月，你最后一个住进寝室，只剩下最后一张在阳台的桌子，以及门边的上铺。四年里，你的桌子上总有馕、干果和好吃的辣子，你也做了四年的关灯人，因为开关在你床头。

你的全名是苏比努尔·克里木，你告诉我，克里木是爸爸的名字，你们本来有姓氏，后来又没有了，都是说不清的源远流长，后来大家就将爸爸的名字作为姓氏。更重要的是属于自己的名字，你说苏比是晨曦的意思，男孩用得多，努尔是光，晨曦微光，是充满希望的好名字。

大一的时候，课程很满，每天早上都要七点多起床，与我们以为的大学生活相去甚远。你总是第一个爬下床，“啪”一声打开灯，挨个敲床把我们叫起来。有时你凌晨起夜，见谁踢了被子，也都小心翼翼地给重新盖好，特别操心。

中考那年，你考上了杭州的内高班，就独自离开家，从广袤的新疆到了温柔多雨的苏杭，开始在陌生集体中学习独立生活，所以你总觉得自己独立得早，也习惯了包容照顾家里的妹妹，所以自觉开始照顾初次离开家人的我们。

我想我之所以喜欢拍照，大概因为照片与回忆很像，都是一帧一帧的片段，不知道哪一段就会被定格下来，哪一段就会消失于时间悄无声息的流逝中。我好难对别人描述苏比你到底是一个怎样的姑娘，漂亮，大眼睛，长发及腰，我们一起拍过的拍立得你放在办公桌上，同事说我们长得像，我听了很开心，感觉自己又漂亮了好多似的。然而更多的，我不知道该怎样去讲，能够讲述的好像就是一些非常微小的片段。

有一段时间，我生病，你每天帮我从食堂带饭回来，有人说又不是病得走不动了，怎么就自己不能去食堂了，你就生气，说病人就得好好休息，楼上楼下地折腾，一会儿好一会儿坏，吵吵闹闹的才会拖着不好，你们从来不生病的人根本不知道病起来的难受。你特别护犊子。

我其实挺粗糙的，从来不爱用香水，第一瓶香水是你送我的，你说香水又不是毒药，你就出门的时候喷一点，去陌生地方喷一点，都会觉得很开心的，不要那么排斥嘛。从那时起我渐渐接受香水，也找到了自己的香水使用法则，比如写字的时候，比如旅途中。

我心情不好的时候，去体育场跑步，那时候没有小确丧这种说法，现在想想，自己好像一直就挺丧的，但那时候不知道丧是丧，只是单纯地忽然觉得一切都没劲，跑完出了一身汗，坐在脏兮兮的看台角落，好像想了很多事，又好像什么都没想。你就一边给我打电话，一边跑下楼到操场一圈圈找我。说来特别没出息，我放下电话就哭了，有一种人是特别理所应当接受别人的好意，没有任何心理负担，我不行，我是另一种，对别人的好意诚惶诚恐，小心翼翼，也不知是不是上辈子做了太多坏事的缘故。所以那一刻觉得干吗要想那些有的没的，眼前的生活很幸运。

你常常从西门的新疆餐厅带烤肉包在馕里，回到寝室就被瓜分干净，那是我们觉得馕和烤肉最美妙的吃法。每次你去新疆办事处的餐厅和朋友聚餐，就会带一盒超级好吃的牛肉炒米粉，这次在新疆，我就一直在找好吃的米粉店。你找到一家很好吃的二节子炒面，是吃了会上瘾的那种好吃，我后来带从来不吃羊肉的圆圆去吃，她也吃得很开心。现在偶尔会突然想吃大盘鸡，想吃里面宽宽的面和沙沙的土豆，也会突然想吃碎碎的丁丁炒面。都是因为你啊，不然我的菜单上不会

有这些新疆美食。

你很爱看书，看得慢，看得细，所以就自告奋勇成了我的第一读者兼校对，因为我很眼瞎，爱写错别字，自己反复看八百遍也挑不出一个错字来。那会儿，我写过的每一篇小说都要拿给你看，你就坐在电脑前一个字一个字认真看，帮我改错字，看得高兴了就笑，看得憋闷了就拿白眼翻我，质问我干吗这么写，我喜欢看你特别情绪化的反应。

毕业后你在阿里工作了一段时间，做人事工作，我就打趣你说真是找对本行了，再没有人比处女座更适合整天和各种乱七八糟的表格打交道。我们还不那么忙的时候，每周你来我这里住上一晚，第二天中午一起吃东来顺的外卖，我好像拍了你不少刚起床时疯子一样的照片。

后来我们都越来越忙，我住朝阳，你住海淀，隔着30公里的距离和一天又一天的工作，你一直抱怨我说都多久没见面了啊，一说才恍然，竟然有三五个月的样子。北京这样的城市，好像被按下永远无法逆转

的快进键，没怎么知觉，日子就过去了，囫囵吞枣，好像什么自己的事情都来不及做，喝了几次酒，吃了几顿饭，聊聊开心不开心的事儿，绕不开也说说工作、未来的计划。

我觉得所谓投缘，就是当你知道我正在做什么的时候，你说挺好的，快点做，一定可以的，而我听你说起一些游移不定的打算，我也坚信你该相信自己，你没问题。这个世界上劝阻的、讥讽的、看衰的，难听声音太多了，其实大部分人都分辨得出基本的对错与理智与否，所以听劝不过是以他人的声音来说服自己，不听劝就是决心已定不回头，谁说都没有用。而朋友，就是陪你往前跑，受伤了扶着你继续跑，跑不动干脆坐下来吃吃喝喝吹吹风，谁也不笑话谁。你就是我这样的朋友。

离开北京回新疆的决定很突然，连你自己也觉得很突然。离开前你到我家来，絮絮叨叨说你看你这厨房不知道收拾，你看你地多久没拖了，你看你卧室乱得还能睡人？然后就忙忙碌碌几个屋子打转全都收拾干净。我们去附近的回民餐厅吃饭，你一直叮嘱我要注意身体，写东西太累了多休息，要我让着点多多，也要多多好好照顾我，你老自黑说自己是事儿妈，总之就是从头嘱咐到了脚，语重心长的。其实你自己也有好多脆弱纠结的时候，你只是极少说罢了。

你离开北京两年，2015 年秋天，我结婚，你飞了三千多公里从乌鲁木齐到北京，我们见了三次面，你哭了三次。第一次是婚礼彩排那天，我在酒店门口等你，你远远跑过来，一下就哭了。第二次是婚礼当天，你穿着专门定做的艾特莱斯裙子，漂漂亮亮站在仪式厅门口帮我迎宾，我说你好看，你给我撑门面，你忙了很久，婚礼上一开口你又哭了。

第三次是我婚礼结束你很快就回家，我们在东四的起司家让多多给我们拍了几张拍立得，地铁站告别的时候，你跳上车，跟我挥手，车门缓缓关上的时候你哭起来，说“你要来新疆哦，一定要来”。

我总说，你快结婚啊，你结婚了我就去新疆玩儿一圈。

于是你就突然说要结婚了，新郎嘛，自然就是大学时我们都认识的新郎，没变过。

我说你怎么到跟前了才说呢，你说因为多多年初生病住院，现在好不容易康复了在恢复身体，怕多多去不了我走不开觉得心里过意不去，我说我们当然要去啊，多多已经没问题了，而且，又是你的婚礼，你不要想那么许多。可是不考虑周全，又不是你了。

七点半，我和多多一上到宴会厅二楼，就看到身披白纱的你和小热一起在门口迎宾，我冲过去和你拥抱，和你最好的闺蜜卡米拉还有格娜拥抱。那些年，你们总是一起出现在寝室里，一起叽叽喳喳，跟我们开玩笑瞎闹。一定是老了，免不了要感叹那些那么真实又遥远的

时光。

你哈哈笑着说："你看我涂了多少粉啊，我手臂上都涂了，你快来跟我合照。哎呀，不要让多多那么辛苦给我们拍照了，你让他去坐着休息，你一会儿和我坐一桌哦，我挑的蛋糕点心都可好吃了。"我也笑，你真是，没变过啊。

你的婚礼，怎么形容呢，大概是跳舞跳到地老天荒吧。

歌手在台上唱歌，所有人都聚集到台下跳舞，你们一次次回到座位上休息，又一次次被亲友拉进舞池，大家轮番同你和小热跳舞，那么好看，那么开心。年轻人围在一起跳，留着胡子的大叔们腆着便便肚腩也围在一起跳得格外优雅，几轮下来依旧不尽兴，大家嚷嚷着要刺激，主持人与歌手也都极度配合，最后几乎变成蹦迪。

可是真的好开心啊，是一种完全得到释放的开心，小时候人们总说维吾尔族能歌善舞，这一次算是结结实实地体会了一把。这种跳舞的欲望就好像是嵌在骨头里，是与生俱来的，是听到音乐就会不自由自主手舞足蹈起来，跳着跳着烦恼也就全都甩开了。

30

特别羡慕，因为我们自己的传统是克制而压抑的，喜怒哀乐都是默默消化，羞于释放，所以不大能真的快乐起来。你们不一样，你们是活泼的，外放的，就像学校里每到晚上就会有藏族的同学组织锅庄舞会，在小广场上放着音乐，大家在一起热热闹闹地转圈跳舞，很多人被吸引着加入。我打心底里羡慕这种快意，看你的婚礼，就像看朋友们的聚会，特别随意，特别美好，是不用硬拗的诗意。

你看，我老是容易忧愁起来，反正你也习惯了。

结束的时候已经很晚了，你跳到快撑不住，坐下大口大口喘气。明天我们即将出发去乌尔禾，你也要准备去叶城办最后一场婚礼，我多想在沙漠里给你拍一套婚照呀，只能等下一次了。

我跟你告别，和你们三个姑娘拥抱，我觉得开心，你们因为内高班从陌生人成了好朋友，以后也会在乌鲁木齐这个城市里继续做一辈子的朋友，而我更是因为特别小概率的机遇同你生活四年，那么有洁癖爱干净的你，能允许我爬你的床和你一起看电影，也是很小概率的幸运啊。

你记不记得，大一暑假军训，我们住在郊区的大通铺，小青说夜里见了鬼，第二天她就病倒了。深夜我睡得正熟，忽然听到有人一直叫我，我一睁眼，就看见床边你睁着硕大的一双眼看着我，差点没吓死我，你可怜兮兮地说，我害怕，我能不能爬上来和你一起睡啊。

突然想起来，还是很想笑，你是我那么那么可爱的维吾尔姑娘，只想以后的很多很多年，我们还能无事常相见。

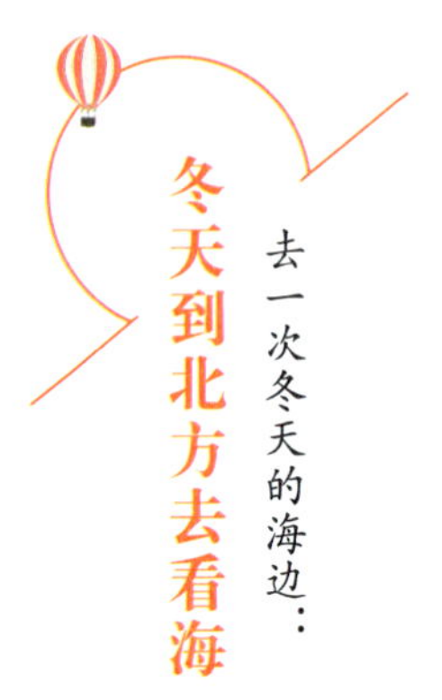

去一次冬天的海边：冬天到北方去看海

2016年的9月19日，我和多多同学第一次决定自驾到青岛，沿途第一站是北戴河。

初秋的北戴河，依然有潋滟日光、温热海水，以及肥美海鲜，而我记忆中的北戴河，却是座空荡的城，北风穿城而过，能把人吹出许多窟窿。

那是2009年底，跨年的那一天，我和哈尔滨姑娘彤一起伴着呼啸冷风走在空城一般的秦皇岛，所有店面都上着结实的大锁，路上没有一个人、一辆车，北方高大笔直的乔木伸着光秃秃的枝丫刺穿朗朗晴空。

那个季节的近海结满浮冰，冷到骨头直打战，彤说，哈尔滨的冬天，也不过如此，这里好像更冷一些。夜里十二点，我们坐在床上看湖南台的跨年演唱会，吃零食喝啤酒，洗完澡我帮她卷头发。回北京那一天，忽然下起了很大的雪，火车上有暖气，好像一下子回到人间。

那天晚上我们都没有参加各自班级的元旦活动，而是跑到畅春园的比格比萨吃了一顿自助餐，坐在窗边看着雪花一直往下落。

美的路要走，艰难的路也要走，而有时它们其实是同一条路。

像走在盘山路，一面蓊郁，一面深崖，一样美好。

印象中最难的两段路，我都是和彤一起走过。

结识彤是在大学的辩论队，她低我一届，入队时不爱说话，总一个人缩在远离讨论圈的边角上，有些怕怕的样子。在激烈讨论中，她留给我的唯一印象，就是安静，特别女学生的样子。

学年辩论赛结束后，她突然给我发短信，说下雪了，有点难过，想让我和她一起去西直门外的天主堂。我竟然也没有去想她为什么要告诉我她不开心，为什么要我同她一起去，反正就是去了。

眼看着天主堂的尖顶，我们来回兜了好多圈，就是走不近那精致的哥特式建筑，索性就坐在胡同里的路边台子上看着那无法靠近的屋顶聊天。

那段时间，我们都不太快乐，听梁静茹的第一首歌《一夜长大》，就真的相信自己会在某个充满仪式感的节点上瞬间长大，所以我拖着她，走了些自虐的路途。

其一是爬野长城，我们从北京北站坐了绿皮火车到古北口，混在一群清华美院的学生里，跟着农家院的大叔走在黑漆漆的田间地头，进村住下。那时我们都不知道等在面前的是怎样一段无法回头的跋涉。

后来回想，一段旅途的艰难与绝望超过了我的想象，这是我所喜欢的。

危险与辛苦那么清晰地就在自己的脚下和手中，非常踏实。

出发前的夜晚，在农家小院里，有弯弯的月牙，和寂寞的小狗，我们坐在台阶上，想起中学时苏东坡的古文，说庭中月色，如花美景。

翌日清早，太阳还没升起，我们在小院里压水井，用清冽冰冷的水洗漱，坐着农家大叔的车到了金山岭长城脚下。毫无防备，在轻轻松松走过几个烽火台之后，眼前轰然一片废墟乱石，我们不太肯定爬过几段废墟，终于相信剩下的二十多个山头也不会再有后人修葺的痕迹了，而此刻，回头既可惜，又来不及，面对接近九十度崩塌的斜坡，我们叹了口气，一点点往下挪。

没有路也可以走，时间摧毁了城墙留下了废墟，沿着它的方向，只要向前走，就可以。

十个小时。从金山岭，到司马台，十几公里的跋涉。出发前，我们也查了很多资料，但是在网上几乎没有看到关于这一段路途的真实描述。这里几乎看不到几个人影，偶尔只有穿冲锋衣、持专业手杖的外国游人。

路途中最美好的相遇，是金发碧眼的姑娘伸出手，说："are you ok？"

云层厚厚地堆积，天地之间，空荡荡的，好像不曾有人存在过。山里有自己的小气候，顷刻大雨落下来，雷声滚动，彤问，你害怕吗，我说不怕。心里始终踏实，因为我一直都知道，只要走，就一定能够走到路途的终点，总会有那样一个终点。所有的旅途就像所有的事情

一样，无论好坏，终究要有个结局。

对毫无暴走经验的我们来说，要迈出的每一步都充满绝望，好在旅途尽头，星辰降生，坍塌的废墟，漫长的路途，层层叠叠的远山近峰，都变成了余生不想再重复，但也庆幸勇敢拥有过的回忆。

在这之后，我们又一起去看了冬日的北方大海。

也是坐了很慢很老旧的火车，究竟是被什么所鼓动呢？在万物休养生息的季节，偏偏要去海边跨年。似乎读到诗人多多写过《北方的海》，是的，是那位很知名的诗人多多，不是我的多多同学。诗里写冬日北方的海，说“大地有狼吞掉最后一个孩子的寂静”，从此我再也找不出描述隆冬更合适的句子。全诗都是长长的句子，参差错落，轮廓如同蜿蜒崎岖的海岸线，那时我便想，沙滩落雪，海面结冰，贝类生物尸骨堆积，阳光明媚地铺洒下来，“北方的海，巨型玻璃混在冰中汹涌 / 一种寂寞，海兽发现大陆之前的寂寞 / 土地呵，可曾知道取走天空意味着什么”，这诗人心中的情景，可以想象，却不能足够。

就这样，我们再一次无知者无畏地出发了。

横在我们面前的完全是一座空城，冬季的秦皇岛，北戴河。十字路口的红绿灯按着编定的程序转换色彩，没有车辆亦无行人，信号灯失去了意义，却从不出错。笔直纵横的街道，两旁的建筑玻璃明亮，空空如也，挂着生了锈的铁锁。偶尔出现人迹，也是在翻修度假酒店的工人。

就如同是被人类遗弃的城市，这是未曾想到的状况。站在太过自由的街口，我们想，人类消失之后，大概便是如此这般吧。

空是彻底的空，冷也是彻骨的冷，走在荒芜的公路上，沿着海岸线，冬季的海风裹夹灰色弥漫的气息，灌入身体所有神经的末梢，阳光在沙滩上制造起温暖的假象，却丝毫加热不了冷冰冰的空气。

该怎样形容我们身侧冬日的大海呢？它不美好，却真实，是原始海洋的力量循环往复，在萧条的季节，继续着潮汐、洋流、生物群的运动。

沙滩落满前几天的积雪，海面结了宽厚的冰层，龟裂，风吹起海浪，再重重撞击另一种自己——浮冰。

这是万物休眠的时刻，是空调轰鸣、暖气管里水汽冲撞、以车代步的季节，因而，冬季的大海大概不属于人世。空荡荡的沙滩，海洋生物各种不规则的贝壳排成小路，海鸥在脚边清晰可见。天的颜色，阳光的颜色，近岸到远海的颜色，都不是人间的颜色。

衰草枯杨，衬灰蓝天色，归途中风雪茫茫。在北京站拥挤的地铁入口处观察落在彤书包上的雪花，结构是那么精致，那么细腻，每一朵都截然不同，却总在凑近观察的一瞬间融化解构。

冬天，到北方去看海，在灰色的季节看暖煦的阳光与静默而暗涌的潮水，多么美好，多么不可重复。

坐上地铁，我们恰好花掉身上的最后一分钱，两手空空回到寝室，决定去吃自助比萨。我不会忘记那顿普通的比萨，和那个不普通的、下着雪的晚上。填饱肚子的我，看着玻璃窗外的霓虹闪烁，还没从身上完全褪去的那段旅途，仿佛成了久远的幻觉。

可我们有时，就是需要幻觉，用重钝的刀子，来割冬日里麻木的自己，才好感受血液的滚烫，珍惜一顿饭的温暖。

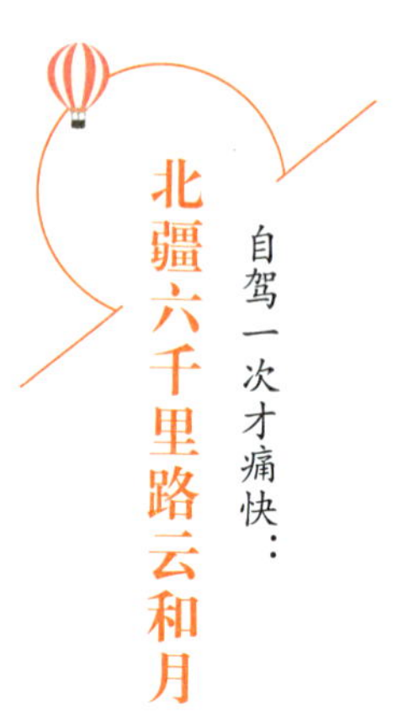

自驾一次才痛快：北疆六千里路云和月

穿行荒野，与孤悬的白月亮作伴，眼前一片坦途，身后再无人群，窗外是野旷天低树，是呼啸的风或者深不见底的山涧。我们随处停车，并肩看陌生而壮阔的风景，或者一壶酒，或者一支烟，或者一句话，或者是绵长白昼，或者是无尽黑夜，没有相对妥协，只有绝对在路上的痛快。

我心里总有这样一段尚未发生的旅途，对此有很多很多的想象，没有本事驾车的我，和开车上班能在环路上睡着的多多同学，荒漠戈壁，烈日风沙，深山僻谷，虽不能像古人一骑绝尘，但若不能亲手开一辆车长驱直入翻山越岭，总归是一种遗憾，就好像喝可乐的时候少了冰块，过了夏天没有吃上一口西瓜，跑步的时候耳朵里没有值得一直循环下去的单曲，并不真的差了什么，但就是不足够。

2017 年初，我们开始得并不顺利，几乎是第一天多多同学就开始生病，没过几天病情凶险地住了院，出院回来慢慢休养，四月份才算彻底好起来。这可能是个契机，在病床上度过一个又一个冗长夜晚，做一些重复而痛苦的梦，梦里醒来之后，他说我们这次去新疆，自驾吧。就这样，一直在我幻想中的旅途，我们在新疆实现了它。

飞机上，我第一次清楚看见连绵雪山，我扒着舷窗看了很久很久，那样深蓝色的天空，那样有棱角的山顶，又是一方我从未见过的风景。下了飞机，我们直接取车开往鄯善。300 公里的路途，天山山脉一直绵延在路边，路上自在、空旷，经过三十里风区，经过黑如玄铁的矿山，经过酷热的火焰山大峡谷，那样密集的风车群，那样大块统一又反差巨大的色彩，那样一路开下去的广袤，都在我的经验之外，都是新鲜的、兴奋的。

从鄯善的沙漠开始，北疆一直在展现它的特别。第一次身处沙漠，第一次四面环绕翻不过去的沙山，沙山四下里温柔延伸，延伸到根本看不见的远方，有一种温暾的残酷。

日日面对大漠孤烟直的心，同日日面对小桥流水人家的心，一定是不同的。那些地域带给人的特征，无法抹杀，甚至深入骨髓。这样的地方，只想放下心里一切琐事粗糙地快乐，粗糙地打滚，高兴不高兴都不用修饰，只需释放。人生到底有什么大不了，那么多古国埋葬在这里，那么多人输给自然的残酷，如果明天荒漠淹掉城池，为什么不坐在废墟里，喝上一壶酒？

往吐鲁番去的路上，经过火焰山，多多提议走到山跟前。他说既然来了，我们就去摸摸这滚烫的远古岩层吧。那就摸吧，我心一横，就跟他一起顶着要把人从里到外烤酥掉的烈日走到光秃秃的山脚下，特别仪式性地各自伸手去摸了同一块山石。

山是时间，一层岩石一个千年，是压缩的时光饼干。有一个研究登山史的学者说，山是地球的历史书，是对时间更真实的记录，岩石的每一层，都是一段千万年的历史，那里可以读到一切。我甚至觉得，这是地质学啊，怎么可以有这么浪漫的说法?

因为不是盛夏，所以还不是吐鲁番葡萄丰收的时节，我们就去了博物馆看僵尸，傍晚又去了交河故城。古诗里说，黄昏饮马傍交河，虽然两千年过去了，这里早已滴水不剩。走在城中，白日里难以忍受的灼热已经消解，温度刚好，小小的微风也刚好，可以静下心来慢慢走，慢慢看，慢慢惊叹眼前的奇迹。

这片巨大的废墟像一个精致的迷宫，高墙深巷保存完好，看得出殿宇、官衙、民居、街市，还有寺庙神殿，布局工整，四通八达。走在重新铺就的石砖路上，想到两千年前，有人在这些窗口里生活，此刻应该是炊烟袅袅，大街上应该是熙熙攘攘，寺庙里的和尚或许在诵经，议事厅或许在开要紧的大会，士兵绕城巡逻，平静的一天又要过去。就这样一天一天地，两千年的日夜就过去了。

想到这一切，再看眼前，干净的月亮悬在残垣之上，时间带来的冲击几乎让人想哭，这样的情绪可真是毫无道理可讲。也许因为时间本身就没有什么道理可讲，它太玄妙了，是那种无法去思考的玄妙。

大概八点多的样子，我们想着景区也该下班了，就慢慢往外走。摆渡车把我们带回入口，工作人员说，停止售票之后，会慢慢等着游人全都出来再关门，不着急。

嗯，不着急，推远了来看，一切都是可以忽略不计的瞬间。

和多多同学买了汉斯小木屋的菠萝啤在房间里喝，感叹了一下，岩石也好，干尸也好，废墟也好，我们今天看的，全都是时间呀。

在我们没有去到的南疆，茫茫旷野里，一定也有许多这样的故城遗迹，有许多旧市老街，而北疆则是越往北，越是人烟稀少，路上除了空旷还是空旷，无论是前路还是两边的车窗外，都是看得到尽头又根本看不到尽头的那种空旷。路上久久感叹，眼前的风景，就是活生生的“野旷天低树”，亲眼看见，才觉得再没有别的字，只能是这五个字了。

自然在北疆以北，有着不容篡权的统治力。

比如克拉玛依的魔鬼城。又是时间，两百万年前的湖泊，两百万年后光秃秃的风蚀地貌，淹没在水底，或者暴露在炎炎烈日与风力摧残下，两百万年，这是我们都没有机会去体验的变迁。日落前天空也是特别干净的蓝色，因为没有那么多驳杂的光线，所以魔鬼城的大石头们并没有展现出那种奇妙的红色来，但在一片片的土黄色里，还是能够看出丝丝缕缕的红色线条来，若是懂得地质的人，大概能够一层层为这些古老的石头翻译上好久。那些颜色，就是石头们的语言呀，它们会说话，只是我们读不懂。我不喜欢听自然景区里各种强行象形的那种介绍，就一路拍拍拍，一圈转下来差不多一个小时，已然能够听见风声在石头城堡间呜呜地凄厉穿行，若真是久远的古时候，有旅人夜晚途经这里，大概会觉得周围全是魑魅魍魉吧。坐在大大的石头城堡上，看着太阳一点一点落下去，北京时间九点半，日落后大约一个小时，天色才完完全全暗沉下来。置身其中，感觉自己也变成了时间运动的一部分，说不上来是不朽，还是速朽。

而过了魔鬼城，就是那个让许多人心向往之的阿勒泰了。

一路向北开去，原本干燥的沙土渐渐着了绿色，路越来越坦荡，云越来越低垂，不知不觉间水草丰沛起来，公路边开始出现草原，草原上有牧民随时可以挪动的毡房和小皮卡。云朵的稠密让人震惊，恍惚像内蒙古草原的景致，于是知道，我们是要渐渐开进哈萨克和蒙古牧民的大草场了。

抵达禾木需要开一百多公里，导航显示用时四个小时以上，因为全都是盘山路，限速四十，一座山一座山地绕上去再绕下来，绕着绕着就没有来路也不知归处了。

可路上的风景是那么新鲜啊，天也新鲜，山也新鲜，草木也新鲜。哈萨克牧民骑马放牧，烈日下依然将自己严严实实裹起来，跨在马背上悠闲地赶着大群牛羊穿过公路，散步一样地吃草。我们停下车静静等它们摇摆着屁股迁徙，不知牛羊有没有自己的烦恼，也不知究竟是没有烦恼更好，还是有烦恼更好。

也有好笑的，路上忽然遇见黑色野马在道路正中，近乎疯狂地跳舞一般抛撒自己的粪便，多多同学吓得一脚刹车下去，唯恐真是疯马该怎么办，好在它欢快地跳到了路边，放我们通过。又开了一阵子，

见路中间有一只鸡，我和多多同学笑说这荒郊野外的怎么有只鸡在这里。结果车到跟前，那只拦路鸡振翅起飞，宽阔的臂展扫过挡风玻璃，我们才清楚意识到，那是鹰啊。

后来我同朋友们说，喀纳斯抬头就是鹰隼，朋友们表示，不会冷不丁就俯冲下来袭击人吗，我想不会，它们的眼里，大概根本就没有人吧。

路上偶尔也会遇到零星墓葬，四方围起来，里面栽种一棵绿树。

一百多公里的山路把我们绕进阿尔泰山里的图瓦人村落。当漫山积雪开始出现在眼前时，我忽然意识到，山是另一个世界啊，有自己的时序与气节，与外面的世界截然不同，不被影响，也不为外人道，是“洞口若有光”之后的那个地方，不知有汉，无论魏晋。

那些被白桦树纵向铺满的远山，一层层密密丛丛，那样好看的线条感，就是我想象中阿勒泰的样子呀。山间洼地是初春，山顶是终年积雪的严冬，人与植物在当中，一点一点在四季里循环地走。

而星空在头顶，咫尺之遥，雪山在屋后，拉开窗帘就能看见深蓝夜空下白色的积雪。李白说“唯有敬亭山，相看两不厌”，我想敬亭山大概可以换成所有美好的山川。我坐在木桩上，裹着厚厚的围巾看雪山，看了很久很久。看到肚子饿了，被多多同学拖去餐厅吃饭。

因为地理位置，所以喀纳斯景区内的食物价格都是外面的三到四倍，禾木山庄的菜里竟然是方便面调料味，我吃着就笑了，还好后面的喀纳斯山庄完美拯救了一个吃货的满足感。

夜里我套上羽绒服和多多同学坐在雪山脚下看满天繁星，一眼就能认出北斗星。因为山庄里的位置不够开阔，还有一定的光源污染，所以没有办法拍摄星空和星轨，但没关系，就算冻得瑟瑟发抖坐在地面仰望星空，也已经足够。一张照片里，是眼前的风景、心里的风景，和那个瞬间的情绪，最后冻结在了一起，所以面对同样风景，不同的眼睛会拍下不同的照片，相同构图的照片里也会有不一样的情绪，而这些，都是有关回忆的密码，最重要的是再次看到这个瞬间时，能够想起最为私人的彼时彼刻。

在那个时刻里，想到自己身处阿尔泰山当中，觉得每一次把地图上的符号与名词走成眼前的一山一水，都有一种不真实的奇妙，而我恰好喜欢这种不真实，因为这是记忆力，为数不多的，最真实最清楚的时刻。

从克拉玛依开往禾木的这一天，真是足够漫长的一天，五百多公里，多多同学第一次开了地图上看起来绕成了一团乱麻的盘山路，我真的途经了悬崖，在山涧深深呼吸。

次日清晨，我们走过还未苏醒的村庄，牛群和骏马缓步踩着石头上半山吃草，原来牛会呼唤同伴，会等待同伴，会催促同伴，好像结伴散步的小学生，喂喂，你在磨蹭什么，还不快过来。日出时刻走过禾木河上的桥，也随着成群结队的家畜们上山，在山顶俯瞰禾木村全景，看雾气慢慢散去，看碧绿山坳里这么一点晨烟袅袅。

我很难想象图瓦先民们如何在这里过着与世隔绝的生活，他们怎样走进来，又怎样走出去。

我们离开禾木的时候，正是阳光最好的时候，一切都好像在闪着光，白桦林、松林、河水、砂石地、村庄里的小木屋。我仍觉得置身于此，不可思议。

从禾木去喀纳斯的路上，我们生平第一次被陌生人搭了车，是个在喀纳斯工作的女生，因为淡季没有往来班车，她被同伴遗忘，所以不知如何回去，听说我们要去喀纳斯，就连忙来求助。于是60公里的山路上，听她讲了许多阿勒泰的故事，她说去年冬天被调到喀纳斯来工作，冬天进山，被白色的山中世界震撼，觉得自己不在人间。

是了，就是不在人间。在喀纳斯的林中步道慢慢徒步，拍下密林中川流而过的泉水，捡一只可以用来当作书签的松果，看平静的喀纳斯湖夹在嵯峨山间，阻挡视线的隘口总觉得有远古巨兽自水下缓缓潜行而来，那是一种不在人间、不可触碰的平衡。

夜晚我坐在地暖充足的房间里写稿，玻璃之外，气温零下，星光密布，忽然生出长居于此的念想，虽说大隐隐于市，可我贪心，若论隐居，还是要好山好水才可行啊。

离开喀纳斯后，我们又用了三天的时间，来到了靠近连霍高速终点的赛里木湖。镜子一样的湖水，大西洋暖湿气流抵达亚欧大陆的终

点站，人们说它是泪滴，一点不过分。一天里不同时间，环湖不同位置，湖水都有不同颜色，共同的是特别平静。湖水彻骨的凉，在阳光下也不会融化分毫。

坐在湖边，心也变得和蔚蓝湖水一样平静，好像投石问路，也不会激起一丝涟漪，空空装得下天地，装得下冰川与湖泊，入世的心被瓦解得不剩分毫。这是自然的力量，是亘古时间的力量，是无法抵抗的力量。

我把手伸进刺骨的冰川水，像打碎一面镜子，照映出这一路疾驰而来三千公里的种种，两个人，一条路，不算孤独，也不热闹，经过的都是层层累积下来的时间。以往经过城市，哪怕面目再模糊，也总想走街串巷去街拍，残破衰颓，欣欣向荣，我都愿意用镜头按图索骥，可走到这里，我丧失掉对城市的一切迷恋，那些人工铸就的建筑、场景、生活，都在山川的对照下失去了所有的吸引力，是那么霸道，那么无处讲理。

当然，我依然还要拍拍屁股起身，去还车，去搭飞机，去结束这趟旷野之旅，回到自己的城市，会渐渐遗忘掉很多很多的末梢情绪，可我终究实现过这样一次旅程，穿行荒野，与孤悬的白月亮作伴，眼前一片坦途，身后再无人群，窗外是野旷天低树，是呼啸的风或者深不见底的山涧，我们随处停车，并肩看陌生而壮阔的风景，或者一壶酒，或者一支烟，或者一句话，或者是绵长白昼，或者是无尽黑夜，自然吞噬掉了我心里非自然的那一部分，那种感受，无法传达。

六千里路云和月，三十韶华尘与土，因为太短暂，所以更珍惜。

每年去一次海边：海洋拯救一切

2016 年的初秋，某个残存暑气翻涌的夜晚，我和多多同学忽然决定去海边，于是第二天就真的开车去了海边，沿着北戴河、烟台、青岛这条线，披星戴月奔行在高速路上。

到那个初秋为止，我经历了一些特别的事情，有过一些说不上恰当不恰当的希望，也自然或多或少地失落过，有时觉得生活黏滞裹足不前，有时又有太多想法反而更不知从何下手，眼前的事情，做或者不做，都无法带来平静。每当这样的时候，我都会本能似的去寻找一个得以暂时离开的目的地，我深信一团乱麻的日常是无法因热切的渴望而解开的，解不开又何必沉溺耽搁，不如离开，跳过死结，一往无前。

出发前，我回头细想，才发现自己似乎每年都会去一次海边，也许只是巧合，也许是潜意识里的精心选择。2008 年的夏天，我在渤海北岸，2009 年我在上海，2010 年的最后一天我在冬日秦皇岛，2011 年我在厦门在深圳，2012 年在广州在海南在巴厘岛，2013 年在希腊，

2014 年在台湾，2015 年在济州岛，2016 年初在南太平洋，好像有意要沿着海岸线一点一点地走，也许看海真的能够解决我心里一切的问题吧。

在北戴河，我们住在一个海边的集装箱，脚下就是沙滩，连着亲切热闹的海岸，坐在落地窗边一面看海一面剥皮皮虾，还有蛤蜊和扇贝，空气里全都是咸咸的海水味。夜晚沿着海边散步，我穿了舒服的睡衣，把头发编起来，燃了两只小小的冷烟花，多多同学拍下一些照片。看着烟火在手中瞬息燃尽，漫过脚踝的九月海水很凉，竟然也有些微刺骨，城市灯火很远，大多时候我在那一岸，而此刻我在这一岸，这一刻不常有，但很重要。

自然去了海边的孤独图书馆和白色的小教堂，水泥外墙的极简设计，坐落在新开辟的海滩边，有人在里面写作，有人安静地看设计类图书，我坐在巨大的玻璃外墙边，向窗外看明亮的海面闪着光。

在附近寻得一处用心布置的咖啡馆，种满绿植和鲜花的小露台让午后时光不显得那么炎炎，我们拍照、看书、休息，静静等待太阳一点点西斜下去。

傍晚坐了跨海缆车去仙螺岛，我心血

来潮玩旋转的空中秋千，海风正猛烈，我被吹得几乎无法呼吸，只有我一个人在玩。闭岛时我们再乘缆车回到南戴河浴场，遇到反向乘缆车上岛的人，脸上没有什么表情，呆呆凝视前方，后来写的小说《孤岛游乐场》就是在那片刻的照面中，发了芽。

从北戴河到烟台，八百多公里，在落脚民宿的小院里，我们开两瓶粉象酒，在一只半岁大黑背的虎视眈眈下，用力把瓶子撞在一起。民宿的主人是园林设计师，买下这个海边的小院，亲手搭建起这里的一砖一木，角角落落都是设计者的用心。

我们在烟台跑了马拉松，看了殖民时期的老街区。历史就像地板上薄薄的灰尘，被风掀走，再来的人，找不见任何影踪，听不见任何声响。

我在猫空书店，坐在高脚凳上，面对窗外的大海，给朋友们写明信片，旁边有一只酣睡的猫。

再从烟台到青岛，胶东半岛北岸到南岸，海风从干爽吹成潮湿。

这是我第三次来到青岛，这里的海风、老街、行道树，都属于记忆中不可消融的一部分，是永冻层一样的存在。可其实，八年后再来，这一片海在记忆中的样子已全然模糊不堪，和回忆里的画面无从对照。原来记忆往往并不如我们以为的那么可靠，它遗失或被篡改的速度比自己想象的要快得多。所以，凡发生过的，就永远不必当真，因为一切都不再有痕迹，只有最喜欢说谎的记忆。

也许是我出生在一个大半时间总在下雨的城市，所以我也喜欢其他一切爱下雨的城市，青岛也是一样。晚上在老城里吃了饭，从便利店出来忽然下起小雨，我们裹好相机走到中山路，雨渐渐大起来，于是钻进了街角的咖啡馆，坐在廊檐下喝一杯热咖啡躲雨，看着雨水一点点把路

上的霓虹都融化，车灯交错着打过来，像冲洗了一池的油画颜料。

我说多多啊，其实很多时候，此时此刻的狼狈不堪，在时间都走了很久之后，会变成有点美好的记忆。他说是啊，记忆就是照骗。

同烟台一样，德占与日占时期留下的老建筑，早就被一个世纪的柴米油盐扫荡掉了所有的历史唏嘘，一栋百年老楼里住着几十年的街坊邻居，开满花的墙根挤着停不下的私车，黄墙红顶的老街区对面拔地而起卖点滨海的高档小区。有人想留住记忆，有人只管奔向明天，老房子就像北京的老胡同，拆与不拆，住与不住，尴尬中所谓念旧的忧伤，往往来自我们这些无关的外人。

可还是会有外人不断来到这里，毕竟，有谁会不喜欢看海呢？哪怕看海的心情并不同，想起的人也不同。

2002 年夏天，我第一次看见大海。就是这一片海啊，那时候我是梳着两条小辫子的初中生，并不认识现在这个自己，也不会想到今天我又回到这里。十二年里，我并没有学会游泳，依然惧怕深沉水面，还是相信海底里有一个陌生世界，相信有些东西瞬息万变，有些东西永远也不会改变。

人们以各种各样的理由、各种各样的原因来到海边，再得到各种各样不同的安慰，之后再回到各自不同的人生中去。我们都看过眼前的这片海水，我们还会去看不同的海洋，我们都将继续一样也不一样的生活。

和多多同学一起看过很多不同地方的海，也看了不同的日出日落。

在陌生的地方，跨越漫长的经度与纬度，遇见不同的风景与路人，看到的总是同样的太阳与月亮，以及循环不息的海水，对于短暂的一生来说，这大概是为数不多可以确定的永恒陪伴，毕竟江畔何年初见月，江月何年才初照人呢。

我从来都羡慕走上一段路就能看见大海的那种生活，无论是一座拥挤的小城市，还是一个朴质的小村落，人总会染上与居住地或多或少相同的气质，如果在海边，总有很大的机会成为爽朗而开阔的人。想一想，无论在生活中遭遇了什么，转身就能看到没有边界的海洋，日日与无穷相对，又能给自己系多少死扣呢？你知道眼前的海水才是这颗星球真正的大多数，而其中的世界你永远也不可能了解，我们是那么微小的少数，无论是对这颗蓝色星球来说，还是对时间来说。

所以，看一看海，就能解决掉我一切的忧愁烦扰，想不通的交给海浪，行不通的交给风雨，平息之后的时光，恰可以收拾好心情，转身回到丢不掉的日常里去。

我不知道下一次的旅途会去哪里，来年又会去哪里看海，生活中本来就有很多的意外，得到或者失去都不按照最理所应当的那条路来，而那些想不到，到了眼前，也都是寻常事。那些想不到的好事情，我们等着你们一一到来。

和父母一起旅行：无梦到徽州

常被人问到的问题之一，是黄山好玩吗？黄山真有那么美吗？“黄山归来不看岳”是不是太夸张了些？“一生痴绝处，无梦到徽州”会不会用情太过？我虽然很想给出一个妥帖的答案，却只能如实作答“我也没有去过，问我不如问网络”。每每此时，提问者都万分惊讶，你这个安徽人居然没有去过黄山！

是啊，我一个地地道道的安徽人当真就没有去过黄山。人人都知橘生淮南，甚至连穿城而过的汤汤淮水，我也是在念了大学以后，才同朋友一起初次去看那条长河的模样，坐在往返南北两岸的轮渡上看夕阳渐渐沉堕水面，半江瑟瑟半江红。

或许我们都是如此吧，因为近在咫尺，所以总觉得去一趟易如反掌，因此大把假期都留给了万水千山的远方。有很多年了，常常接到妈妈的电话，说你什么回来，我们去黄山，为了和你一起去，我一直都没有去呢。其间也有过几次几乎就要去了，却因为天气一拖再拖，拖到不了了之。终于决定去黄山，是和多多同学休假在家，想到自己几乎没有怎么和爸妈一起旅行过，于是决定全家人一起去皖南转上一圈，于是第一站就放在了黄山。

驱车五个多小时来到黄山脚下，由后山拾级而上，每棵树都不一样，每片叶子都有自己的好看，十月底的秋天就写在每一片山里的叶子上。阳光一览无余地落下来，却并不炽烈，天空是稀释过的淡蓝色，那份晴朗简直就是用力许诺了翌日一定能够看一场漂亮的日出。

后山这一路有许多和松树有关的景点，然而对我这样的普通行人来说，并不很在乎这棵松树像什么、那块顽石又像什么，甚至觉得没有必要硬是赋予自然景观任何的人文意义。它们就是松树，是顽石，是一草一木，是一岁一枯荣，就在那里，日晒雨淋，春去秋来，变化之中有了此刻被我所见的样子，而我由衷觉得自然真是奇妙，和我们这些妖艳的人类就是不一样，就挺好。它们不需要像任何人造物，它们比人造物美上万千。

一家人说着玩着闹着也不觉得累，抵达光明顶时，那里已经聚满了等日落的人，算是惊鸿一瞥吧，在太阳倏忽掉落山崖间的短短片刻，我看到了它最后的光芒。当晚我们住在光明顶，夜晚就坐在山阶上看密林之上的夜空，星空真的是寂静又闪耀，星星是会眨眼睛的，只有在这样的山里才能看到。

次日四点多，我们裹上酒店准备好的羽绒服去静候日出。日出日落真的都是一个瞬间，天穹一点点被照亮，从漆黑变得模糊，星辰渐渐隐匿光芒，层层起伏的山脉开始隐约可见，好像淡墨晕染的山水画。刚刚跳脱出来的太阳也不那么炽烈，散逸出来的光芒更像是新鲜的橘色，照亮连片山系的向阳面。

无论相隔山脉还是海洋，无论我去得到还是去不到，那些天边或眼前的角落之上，升起又落下的都是同一个太阳。在等来日出的那一刻，在属于夜晚的寒冷被驱散的那一刻，我裹紧羽绒服，忍不住对着太阳脱口而出："你好呀，老熟人，我们又见面了。"

有些风景，一定要亲眼看见，才觉得前人的描写所言不虚。那些被穷尽于高山日出的磅礴词语，也无法穷尽眼前这个不断重复却无法留住的瞬息。

我终于也在山顶看了一回日出，知晓了黎明前的寒冷，知晓了日出带来的温暖希冀，知道云朵之上，晨昏如何完成接替，知道周而复始，理所应然。

壮阔的美容易带来壮阔的悲伤，不像生活中一些细腻温柔的琐碎反而容易叫人开心，看完日出后用了很久才平缓了激动的心情，退了

房去徒步西海大峡谷。说来也好笑，看过那么多次日出与日落，却每一次都会想哭。只是此刻，我没想到真正令我想哭的，是日落之后的那段下山路。

说到西海大峡谷，在山道未曾修整、缆车也未曾开通前，它算是藏在黄山里的背包客天堂，科考队也是1983年才真正探入这条大峡谷。

大部分徒步的旅人一般会选择从白云宾馆走到步仙桥，顺时针走完整个大峡谷，到缆车处搭乘地轨回到白云宾馆。这样一来大半路程都是在下山，对膝盖是不小的考验，但速度会快一些，脚力和体力好的，五个小时左右基本可以走完全程。

而我这个向来出门自带bug属性的人，必然是一不小心就踏上了逆时针的徒步线路。地轨缆车接近900米，坡度很陡，从前窗往下看像是一路俯冲下去。下到谷底之后，我们大概看了一下导览图，确定好方位，便开始了漫长的徒步之旅。

一开始都是下坡路，所以我跑得很欢快，加之阳光那么好，密密层层的枝蔓绿叶间落下密集而明媚的光斑，整个人都好像谷底的流水一样被照得明晃晃。

一路上几乎没有什么人，偶尔碰到反向跋涉而来的陌生旅人，也会相互打个招呼，彼此询问一下路况及用时，好在心里打个底，也会彼此鼓励一番，若恰好都是停下休息，便也多聊上两句。全程也被后面来的旅人赶超过两三次，有结伴的外国朋友，有年过六旬的老夫妻，有独自徒步的背包客，打北京来的 40 岁胖姑娘，说自己每年都要凭一己之力去爬一座山。

从谷底攀缘而上的石阶都非常原始，依着山崖靠人力一级一级凿出来，有的地方不甚分明，大多跨度不均，脚下始终要留意，坡度如此陡峭的情况下，如果真是下山，我可能真要坐在台阶上挪下来吧。上山虽累，但每一步都走得稳当。

老姚和多多同学身上分别背着零食和水，多多同学还挂着沉沉的相机。看到老姚坐下来休息时满头直冒汗，我甚至不可思议地问他，你怎么会累呢？问完才觉得自己傻乎乎的，可就是不愿意面对那个显而易见的答案，因为心里的老姚是哪里都敢去、什么险都敢冒而且永远不会累的超人，可面前的老姚说，我也 50 多岁了。

忽然很难过，因为老姚会

累了，会要休息了，所以很难过。

六七个小时的跋涉与翻山越岭确实辛苦，也确实很狼狈，可是每一步的风景都不同，每登上一级粗糙的石阶都多一分成就感，喜欢拍照也喜欢被拍的我，这一路依然可以精神抖擞地拍下许多欢喜的照片。当然会流汗，当然会凌乱，可还是能在相片里留下轻快的样子，因为路走成什么样子，都是自己的选择，不是所有艰难的路就要走得难看，比起人生路来，翻山越岭也许更轻松一些。

何况，一路上可以听老姚一本正经指着那些他根本不认识的植物胡说八道，捡了一片红叶夹在手账本里，听小公主妈妈一路夸自己“我好厉害啊，我竟然能这样爬山，人生第一次啊，我真了不起啊”，被

多多同学追着喊“你慢一点，你看那边，我再拍一张”，这就是最后留在相机存储卡里每一帧所携带的美好。世界虽广阔，人群虽如海，可最重要的，就是此刻一起跋涉谷底，又要一起逆袭回山顶的这几个人，几个人，就是我的全世界。

这真是美好的一段辛苦路，也是美好的一整天。

七个小时之后，我们终于行完西海大峡谷，开始由前山返程。如果说后山像是覆满了绿植的后花园，前山则雄浑浩荡，尤其是在傍晚，黄昏的天光衬托下，每一块山石都像有沉沉的呼吸，是活的。

就在我和老姚兴奋地规划着晚上到了宏村要吃什么时，下山的最后一班缆车在我们面前咔一声停运了，太阳也正当时地掉落下去。眼睁睁看着这无情的一幕，我们真是连哭的力气都没有，事已至此，一家四口淡定地和迎客松轮番合影游客照，便开始徒步走下山的路。

保安大叔给了我们一个电话，说下了山之后肯定没有大巴了，晚上基本没人下山，如果门口没有黑车就打这个电话叫车下去汤口镇。谢过大叔我们就加快了脚步。

不知走了多久，天就彻底黑下来了。什么叫彻底呢，我觉得也只有在这样的山上才知道什么叫黑得彻底的夜晚。

是真正的伸手不见五指的漆黑，黑暗里除了星空和头顶山峰的影子，其余什么都看不见。山路也好，两旁的密林也好，都看不见，周围只余漫无边际的黑暗，黑暗成了唯一能够被看见的东西。

山道上一盏灯都没有，真的是一盏也没有，所以全程就靠我和多多同学的手机电筒照明，只能看见脚下的台阶，远处有什么一概不知。

三个小时里，我们就这样一点点往下挪，走上一段路碰到休息区，就坐下休息一会儿，喝喝水。哪怕是十年前，老姚大概都能背着我一口气跑下山，而现在，他背着书包，空着肚子，特别需要休息。真想假装自己看不见这些，看不见就不用面对父母正在老去的事实，曾经这只是个可能，现在却无法再逆转。

那一刻，我想我还要同他们一起去更多的地方，很多很多也不足够，因为哪怕用尽全力，在失去的那一刻，仍然只有遗憾，没有宽慰。

半路上遇到的唯一灯盏来自半山的一个青旅，有许多学生走来走

去洗漱。附近有一个保安岗亭，在山里独自守夜，也是份孤独的差事吧。

事后小公主妈妈说自己其实非常害怕，害怕会有野兽和坏人从山路边蹿出来，我因此笑话了她好久。虽然很难说是她太过小心，还是我太过大意。

老姚说起他读书的时候，带着攒了半学期的钱，独自坐火车去泰山，从山下买了两瓶啤酒和一只烧鸡带上山，花重金住单人宿舍，摸黑起来在山顶看泰山日出。所谓的遗传，可能就是这么回事吧。

休息的时候我给一起暴走过金山岭废墟的朋友发去微信，说想起了金山岭的 13 公里，每一次作死都觉得人生好像有了一点改变，这种感受只要自己心有戚戚就好，并不需要多做证明。

就像一辈子只喜欢舒舒服服旅行的小公主妈妈，也觉得惨是惨了点，可是这种特别的经历还挺有意思，并装模作样地说人生嘛，就是要有异乎寻常的体验啊。

是啊，我们和别人说起的，我们若干年后想起的，可能总是这样狼狈却又闪着星星光芒一样的片段吧。而我可以更骄傲地说，这是我和父母一起冒过的险。

当晚，四个人拖着僵硬的双腿来到宏村，在月沼边的客栈吃老板娘做的晚餐，住在我精心挑选的民宿房间里。小公主妈妈对老宅里的民宿喜欢得不得了，坐在小小天井的秋千里晃啊晃不肯睡觉。

之后我们又去了塔川、木坑竹海、西递、呈坎、屯溪，所有的线路安排都是我出发前一点一点规划好，带着手写的行程本在身上，一项一项去完成。住的地方也都是挑选了我最喜欢的那一类民宿或者设计型酒店，什么好吃，什么好玩，我都一样一样地准备好，小公主妈妈对每一晚的住宿都格外满意。住在黎阳老街的时候，多多同学给我在客栈的阳光房里拍了一组照片，她看见了很喜欢，我们便一起给她认真拍了一组写真。

时光给她增加了一些皱纹和白发，可她还是我最标致的那个美人。我的美人妈妈，我的超人老姚，下一站，你们去清迈，站在马拉松的终点为我和多多同学鼓掌洗尘，好不好？

和闺密一起旅行：

没有以疏远告终的友情都是岁月的奇迹

在暹粒的酒店门口接到黄时，我们尖叫着奔向彼此，欢呼着拥抱，在浓密的热带植物下又跳又叫，引来路人纷纷侧目，像看两个失控的疯子。

这是我俩做了十二年朋友以来，第一次一起旅行，要一起跑马拉松，一起在热带的街头喝烈酒，一起在吴哥窟的废墟里疯狂暴晒，要一起做很多很久之前就该一起去做的事情，就像是对苍白青春的亡羊补牢。

在暹粒会合的第一个晚上，我们去吃了鲜虾春卷、味道一般的locloc牛肉饭，喝了大杯的沙冰，晚上泡在酒店的泳池里，一边喝冰凉的罐装饮料，一边努力辨认星座，执着地要找到人马座。

少年时凑在一起，总有很多情绪需要迫不及待去交换，说得很多，哭得很多，用力表达得很多，可时间终究还是在我们的身上酿出了它理所当然的一个了局。花朵也好，果实也好，枝繁叶茂也好，那些鲜明的形态不知不觉收拢凋谢，闷在粗笨容器里，被时间掩埋上。现在的我们，不再努力表达什么，极少冗余的抒情，更少繁芜的剖白，我们能够理解彼此的笑容比泪水所能表白的东西更多，并且会因各自的沉默而更舒适。

我喜欢的人在泳池里一个人来回游泳，掀起一层一层水花，我相识最久的朋友在我身边，和我并肩看贴近赤道的天空，这一切看起来都格外幸运。

不知道你是怎样来使用“朋友”这个词的，是泛指，还是特指?

有的人有这样的口头禅，“我有一个朋友……”，吃过几顿饭，喝过几顿酒，说过三两句话，认识了就是朋友。

也有人严格给朋友分级，有些朋友是一起吃喝玩乐的，有些是谈理想的，有些是可以倒苦水的，还有些是可以借钱的，像一个层层递进的闯关游戏，能一路通关到底的就算是最高级的朋友了。

对我来说，每个词都应当代表自己本来的意思，同学、同事、工作伙伴、熟人、朋友，都是平等而截然分开的一些词语。朋友就是朋友，能称呼一声朋友的人，是没有血缘的家人，是看到有趣的事情会想去分享的人，是愿意向对方妥协但不爽了也能直接说“别烦老娘”的人。所以，当我说“我有一个朋友……”时，那真的就是很认真的朋友了。

只是，所有的感情都没有过分夸大的必要，因为没有什么不会只开始不结束，小时候觉得一辈子都不会弄丢的东西，最后也实实在在、毫不心疼地丢弃了。亲情、爱情、友情，都会慢慢失去，有的自然而然，有的姿势难看。但感情的事情，不就是这个样子吗？

朋友之间吵架绝交、水火不容、反目成仇都不可怕，最可怕的，是温水煮青蛙的那种缓慢死刑，就算你们一直一直很要好，却也终于会在时光前行中慢慢变成礼貌的熟人。

小时候天天玩在一起满世界疯跑的伙伴，现在一年也见不上一面，偶尔路上照面，连上前相认的勇气也尽失。

中学时候天天交换日记、没有什么秘密不能分享的那个人，现在过得好不好，也都不太知道了。

陪伴彼此度过最艰难时光的那个人，各自工作成家在不同的城市，慢慢地，都不再是彼此倾诉心事的第一选择。

也有少年时的模样最终在成年之后改变，我们必须承认，曾经喜欢的人也会变得那么让人讨厌。

疏远这种东西，很狡猾，不知怎么就出现了，不知怎么就坐实了，等被发现的时候，通常也都来不及了。

所以，那些没有以疏远告终的友情，那些没有在时间织就的迷宫里走失的朋友，都是岁月的奇迹。

那个一年、两年、十年甚至二十年都还在身边，伸手就能抓来喝酒吹牛的朋友，是生命里重要的礼物，值得为此而感激。

黄就是这样一个朋友。

在成为朋友的这十三年里，我竟然没有认真为她找一个好听的昵称，也许是贱名好养活，所以这份情谊还茁壮地坚持着。

到底是怎么成为朋友的，回头想想，也实在稀里糊涂。

我能想到的，是爱偷懒的我和身体不太好的她都不去上体育课，空荡荡的教室里，她专心致志嗑瓜子，我埋头做习题，看起来好像并不是能成为朋友的开头，所以最后到底怎么成了朋友，怎么就能一起躺在草地上晒太阳，一起在晚自习上溜去废弃的旧操场看稀疏的星星，开心不开心都能抱在一起哭，能放心把秘密交到对方手心去攥紧，我们都像失忆了一般，找不到那个源头了。

大三那年，她来北京学英语，住在我的宿舍，我们去南锣鼓巷吃奶酪、吃烤鱼，晚上我铺了瑜伽垫子在地上，支了个小桌子，就那么坐着写小说，那是我第一本长篇小说《天冷就回来》的雏形，她则躺在床上，不时伸个头看看我，或者在我背后走来走去，偶尔问问我写得怎么样了。那个闷热的夏天，我总是会想起来。

工作后，我只去过一次她的城市，是截然不同的相反季节，湿冷冬天，在她租下的干净公寓里，她做了人生中第一顿饭给我吃，是意面。我给她化妆，两个人高高兴兴去她旧日的校园里拍照，她一想起旧事就会哭，有时候我觉得她的美好，被琐碎的日常和包围在周围那些与她根本不相同的人，浪费了。

回家的时候，她总是会突然说，吃完饭了找你散步去，然后打车到我家楼下，在漂亮的悬铃木下，说上好久的话。

就这么怀抱着小时候犯过的傻、犯过的错，还有不能够再被提及的秘密，有时我喜欢开玩笑说黄这个名字叫久了，就真叫成了忠犬八公，在原地守着那些少年岁月不肯离开。她也欣欣然接受，总严肃地对我说，走得太远太累了记得回头看看，我永远都在你身后，你回来，就总能找到我。

其实我们都不在原地了，原地更像是个美好的幻象，就像吴哥窟里被掩埋在雨林深处的废弃城池，时光早就扫荡掉了一切。

三天，我们早出晚归，从一个寺庙到另一个寺庙，那些雕刻精美的巨石和热带根系庞大的乔木仿佛比赛一般，看谁能够存留得更持久，岩雕依旧栩栩如生，树木的根系攀援上墙壁，压垮坚实的庙宇。吴哥废墟里所显示出的力量，特别不动声色，又特别惊心动魄。

坐在废墟里，我们免不了要感叹自然风化崩毁的力量，要感叹人在岁月变迁里的无力，凡过去的，我们参与不进去，将来的，又远不能看见，甚至此时此刻也是一个格外虚无的概念。虽然坐在时间废墟里思索时间显得可笑，可想到其实在时间的刻度里，只有过去和未来，并没有我们能够容身的此刻，我们就不再觉得可笑了。

所以人生才格外需要鼓励吧，不然把人的时间放在自然的时间里，

很容易就放弃了。

第一天我们震惊，第二天我们疑惑，第三天我们对彼此说，人生自然是没有什么意义，可是我们活着，在这一生的时间里我们所做的事情，只要对自己有意义就可以了。

于是我们开心起来，在崩密列里拥抱面目可怕的古树，在全然坍塌的废墟上又跑又跳，在阳光爆裂的森林里嘻嘻哈哈，好像并不曾思考过那么多无可奈何的问题。

她不会觉得我矫情，也不会嫌弃我拍照花去太长的时间，我知道心里千疮百孔的感受可以统统与她分享，她会听，会理解，为什么消沉，又为什么忽然没心没肺地疯起来，我们都能彼此配合，踩在同一个节点上。

在暹粒街头吃到了好吃的食物，我们兴奋。喝到了好喝的奶昔，我们兴奋。老市场里买到了好玩的小东西，我们兴奋。多多同学追在我们身后一张一张为我们拍下一起玩闹的照片，这也是我们做了这么多年朋友以来，第一次好好地站在一起拍照。

因为太熟悉了，熟悉得像随手拿起的水杯、穿得最多的那双人字拖、磨得最旧的那支笔，从未想过要用拍照来记录一些什么。往往如此，越是熟悉越是不知道去珍惜，反而不如对外物来得宝贝。

在暹粒的 red piano，她喝得直犯傻，抓着我又哭又笑直到断片。那一刻，我突然很庆幸，十二年过去了，我们还没有放弃彼此，我们还想见面，还想一起旅行，一起跑步，一起分享书和电影，一起说点心里的悄悄话。

Angkor

比起最初最好的那个时候，现在我们依然还能像少年一样别无所求，只因为喜欢你这个人而去做朋友，好像更是难得。

这十二年里，我们也都失去过很多重要的朋友，没有吵架，没有冷战，也没有深仇大恨，那些朋友就像色卡上的渐变色一样，曾经那样浓墨重彩，现在淡入了透明，好遗憾，但也无可奈何。

有许许多多的原因会让朋友之间的距离越来越远，说的话越来越少，至少我总说，你曾陪我一段日子，就算以后我们走散在了岁月里，也并不可惜，也是我有过的运气。而那些没有以疏远告终的情谊，都是生命里的奇迹，像恋人的天长地久一样，不敢期待，得之却值得庆幸。

要有一回乡愁：故乡是离开之后才会存在的地方

什么是故乡呢？大概是那个你日渐想念却越走越远的地方。

故乡并不是你出生的那个地方，如果你不曾离开过它，它永远都不会成为故乡。十年前，我来到北京时，我才意识到，我有故乡了。

我的故乡在江淮之间，地理位置上属于南方，文化概念里大概偏北方，总之当不当正不正，但却是橘生淮南正当时。

记忆中最后一场大雪是六年级的寒假，从家到学校的路上积雪没过膝盖，我拿了成绩单回来，和小伙伴在篮球场上堆雪人、滚雪球，身上穿着奶奶做的小棉袄，伸手去折阳台外挂着的冰锥。

故乡后来再也没有下过这么大的雪，白雪皑皑的冬日像我的小时候一样，一去不回。而一旦下上一点雪，我就有了充分的理由可以上学迟到。就像北京城经不起大暴雨，一年四季都下雨的故乡，薄薄一层积雪就能导致交通瘫痪。

高考报志愿的时候，妈妈曾建议我报南京或者上海，我用尺子量它们与我家之间的距离，斩钉截铁地说不行，太近了，要北京的距离才可以，一千公里之外，才可以。

那时候我只想离开，觉得腻烦了这个熟悉到骨子里的城市，腻烦了自己的小书房，想变成独立的大人，想去万千文字描述过的大千世界去，想滚得越远越好。少年对未来的憧憬总会被一次次打击，但这个过程，总是被少年们不断重复，在那一刻，很多人都在用距离为自己寻找下一个落脚点。

北京这个落脚点不断给我展现它的神奇之处，比如初春漫天都是杨絮，到处都是叶子不那么好看的大白杨，还不停地掉下毛毛虫。

我开始想念故乡满街的悬铃木，它还有一个广为人知的名字叫法国梧桐，但其实法桐是对好几种悬铃木的统称，这种生命力旺盛的高大乔木既不是来自法国，也不是梧桐树，因为最早种植在上海法租界，叶子又形似梧桐，所以就有了法国梧桐这个一直谬误着的名字。我更喜欢它本来的名字，悬铃木。尤其是我家门前那条路，夹道的悬铃木有五六层楼那么高，年年砍掉树梢年年疯长，总能在夏秋遮天蔽日，秋天巴掌一样宽阔的叶子落下来，厚厚铺在路上，若不清扫，连一点

路面都看不见，可以一路踩着脆生生的落叶哗啦啦走得惊天动地。天晴的时候阳光从叶片的缝隙里漏下光斑，雨天的时候雨滴层层跌落，碎在地砖上，是无论怎样的天气都那么好看的一条路。

悬铃木是我们的市树，我恰好那么喜欢它。

我是来北京之后才知道玉兰花会掉光叶子，开满树繁花，热烈又触目惊心。

我家的玉兰多是广玉兰，小学门口的行道树就是这种硬叶乔木，四季常绿，花期一到，就在涂了油漆一样光亮的深绿叶子里开出硕大的白色花朵，偶尔掉下一两朵，捡回家去，摘出干净光滑的花瓣夹进正在看的书里。我以为，所有的玉兰都是这样。

我依着在家中的经验，足足带了三把伞来北京，一年之后就全都不见踪影。一年里下雨的次数一只手大约就能数过来，所以伞在这里根本不是生活必需品。

我的故乡连冬天都要下雨，一入七月更是漫长的雨期，地理书上说这场没有尽头的降水是因为江淮准静止锋。真的是每天都在下雨，有时刚吃完午饭天就暗下来，黑压压开始下暴雨，电闪雷鸣，长长的闪电把阴沉天空切割得四分五裂，而雨过之后短暂天晴，最好看的也是乌云被阳光镶上金边，乌云的缝隙里，透出一束束锋利的阳光，现在我知道，那叫作丁达尔效应。

洗手间的墙砖上挂着一颗颗饱满的水珠，楼道的墙面被洇得湿漉

漉，水泥地上都能长出绿绿的青苔。也许是在雨水里泡大，所以现在我只要看看路边冬青树叶的颜色，就知道会不会下雨。

在北京，连毛衣都能一夜晾干，我曾为此少见多怪大呼小叫。洗完澡之后，就算是阴冷深冬，从公共浴室走回寝室，头发会结冰，但也在回到室内后很快就干爽起来。所有零食都可以放心地敞口放着，连开着口的烟也只会变得干燥，不会受潮。

这在故乡是多么不可想象的一件事，碰上雨期，连内衣都要挂上一个星期才能干。洗完头发即使一天下来还是觉得湿漉漉的，索性要用身体去烘干衣物。暑天里身上永远黏黏的，空气里永远有一层厚厚的水汽，是立体的、黏稠的，任何零食与空气亲密接触太久都会软趴趴难以入口。

相比北京仙境一般的雾霾，故乡的大雾天格外多，也格外美。清早走在上学路上，空气里全是白白的水汽，是一种细腻到骨子里的温柔天气。

我第一次见到学校食堂里的打卤豆腐脑，感觉自己的常识受到了挑战。

我的故乡可是豆腐的故乡啊！小时候早起，楼下的早点摊就有白花花的豆腐脑，只有一点黄豆做点缀，还有小小一匙不知是什么的小菜与调味油，坐在小板凳上喝一碗，那场景还能记得清清楚楚。

外婆则会应了季节用槐花做蒸菜，芹菜也可以做，裹上面热腾腾蒸出来，咸咸的吃不够。

家门口的篮球场，有多少孩子度过自己的童年，打羽毛球，打篮球，疯跑疯闹，每当有女孩子经过，男生们打球就分外用力一些。

去初中的路上会经过一条小吃街，初三晚自习下课，妈妈每次来接我都会主动给我买各种吃食，什么灌汤包、油炸冰激凌、盐酥鸡、牛肉汤等等，感觉整条街已经被她买上一遍，这热热闹闹的烟火气，不知道有多怀念。

以前客厅阳台对面是公立的电影院，学校组织看电影，或者有文艺演出都在那里。某个深夜电影院忽然起火，火势凶猛，被烧成废墟，我和爸妈一起站在阳台，隔着玻璃都觉得脸被烤得难受，因为害怕，牙齿不自觉咯咯打颤，那是人生中唯一一次知道发抖不由自己控制。

邻居们都纷纷撤离，只有我爸气定神闲地说，没事。

后来那里变成了休闲广场，再后来有了新区，政务和教育以及住宅区慢慢往新区挪，商业区也在不断扩张，城市总会一点一点变得面目全非，可故乡，永远都在那张面目全非的脸之下。

我从不知道那座湿漉漉的城市会被我说成这么美好的样子，我从不知道我竟然清楚地记得那么多的细节。

我甚至记得小时候九月的烟火会，我坐在爸爸的肩头，看着盛大的烟火一朵一朵爆裂在漆黑的夜空，记得游乐场里第一次坐海盗船哭着吐，记得妈妈骑车带我去学芭蕾的那条路，记得患了腮腺炎外婆哄骗我去打青霉素，记得坐在院子里看外公吐烟圈，记得和表妹一起打《超级玛丽》，也记得过年去一趟十几公里外的奶奶家，就觉得好远好远。

离开之后，一切都变得异常美好，但我们都知道，那些美好，永远只在身后，只在那

个叫作故乡的地方，再也没有回去的路。

一开始，人人都说旅行的意义，去远方这个举动充满了莫名其妙但又郑重其事的仪式感。我们都爱三毛的故事，我们都有一个走啊走啊走不到的目的地，有太多说啊说啊说不完的唏嘘。

后来，人人都嘲笑旅行的意义，嘲笑强说着意义的旅人，离开自己的城市去一次别人的城市又能改变些什么呢？所以，一切根本毫无意义。或许就是有人不想这样消磨掉本来就毫无意义的人生，所以宁愿去陌生国度的街头，烈日下喝一口痛快的啤酒，不管别人嬉笑怒骂。

我想，关于旅行，也许一切的意义都建立在你必须从别人的城市再回到自己的城市，如果失去了“回家”这个动作，那么连“旅行”这个概念都无法成立。正因为有一个我们迫切想要离开，又在离开之后总归要回去的地方，才有了争论旅行意义的可能。

2015 年的秋冬，我和多多同学好像一直在高铁和飞机上过日子。10 月我们去了黄山、宏村、西递、呈坎、屯溪，11 月返回北京，12 月去柬埔寨跑了人生第一场半程马拉松，1 月去了南半球的长白云之乡，回到北京的家中不到一周，又继续乘高铁回了我的故乡。

从新西兰回来后，我结结实实病了一场。在回程的飞机上我发起高烧，空前迫切地想回到自己的床上。在床上躺了两天，我想我一定要狠狠在家宅上好几个月，这是我第一次冒出这样的想法来，之前总是想着要一直在路上才好。

所以，我们其实总在下意识逃避一种充满惯性的生活，当日复一日的旅途也开始变成习惯，家便开始有了新的吸引力。

因而在准备回故乡过年时，连收拾房间对我来说也变得充满感情起来。我是那么喜欢我的麋鹿茶几，喜欢我薄荷蓝的复古书桌，喜欢我和多多同学在书房搭起的小影棚，喜欢上午十点钟落在木地板上的阳光。我坐在摇椅上晒太阳，所有旅途都变得遥远而模糊，大概等我老了以后，此前漫长的人生也都会如行过的风景一样，慢慢呈现出触不可及的美好。

而当我终于坐在故乡家中，曾到过的他乡，又分外地温柔起来。

比起旅行，也许支撑起我们全部生活的意义，就是回家。

这世上的一切似乎总要成对出现，每一个单词都一定有自己的反义词，所以就算一直在路上的人，也会不断给自己建立一个家。三毛在撒哈拉安家过生活，那些流落丽江束河的文艺青年，经营民宿也好，走走停停也罢，总要有个四方空间，来安置自己，好在一天结束曲终

人散后，能答别人一句，回家。

既然故乡不是说回就能回去，我们总要给自己找一个替代的港口。没有了这个出去后可以回来落脚按下暂停键的地方，就没有了“出门”，也没有了“旅行”，没有“故乡”，也就没有“远方”，失去了坐标，也就失去了丈量的标准。也正因这个困住我们的四方囚笼，旅行才让我们感觉自己如此不同，如此充满存在感。即使你下定决心不要自己的狗窝，背起行囊苦行僧般风餐露宿，我想“故乡”两个字大概就成了你最有仪式感的一个词。是这个词，让你把自己走成了一句诗。

在家的时候，我躺在沙发上，妈妈买了包装纸很好看的速溶咖啡，我兑上热牛奶，一面喝一面同爸妈一起看电视，偶尔抢多多同学的手机玩一款转珠类的卡牌游戏。我自己家里的电视早就不交有线电视费，我不看电视节目，也渐渐不是很关心天下大事。但只要回到故乡的家中，我也变得很爱坐在电视前一动不动，随手抓点零食往嘴巴里塞，什么也不想做，也没有任何烦恼。我珍惜这些又俗又暖的琐碎，也喜欢在围桌吃饭的时候，把旅途见闻不厌其烦地讲给爸妈听。

回到故乡的神奇之处在于，它会让你觉得自己同世界完全断开了关系，往日在乎的事情变得一点也不在乎，往日烦恼的症结也完全抛诸脑后，虽然我该做什么还是要做什么，每日里联系的朋友也还是那几个，地域的转变并没有从本质上改变我生活的任何部分，但，就是那么不一样，我的世界极速缩小，小到除了幸福感，什么也容不下。

或许是因为家这个空间其实承载量很小，走进这扇门，就自然把生活中并不那么重要的人与事挡在了门外，也因为回了家，完全让自己瘫痪在沙发上，才知道，世界熙熙攘攘，和自己有关的，不过这屋里的寥寥，就算和全世界斩断了关联又怎样呢，毫发无伤，毫不可惜，只要还有故乡可回，就足够闷头往前冲，一往无前地去受伤。

就像万千普通人，没有谁会一直在路上，总要掉转回头，将来路再走一遍，回到自己的家里去，旅途因此像芝士蛋糕上那颗腌制过的车厘子，显眼，好味。

回家也是一样，我们不可能天天放假，天天在家睡觉，我们要走出门去争夺资源，去在职场上做窝囊的好人或者厚脸皮的坏人，每个人的人生都像按下的快进键，回家那片刻的暂停，才那么那么清净。

我们都不是那么地与世无争，也不是那么地安贫乐道，我们有很多很多的欲望，离开或改变，而这一切远方的星辰大海，意义丰沛，都因为有去有回，才格外贵重。这大概，就是无论走了多远，总想再回故乡的意义。

如果你也是有故乡的人，我们碰碰杯。

如果你没有，那也是一份好运气，真的。

在眼前

生活是时光的彩色底片

自由职业者日常

改变一下人生状态：

在我彻底结束朝九晚五的工作成为自由职业者时，周遭朋友的反应都差不多，第一句是“好羡慕”，第二句是“收入能稳定吗”。

当然没有按月领工资那么稳定，但三年下来，我还没有把自己饿死。

有一些电视节目的编导邀我参加节目，节目里自然要讲故事要有效果，不止一个编导问过我，你对自己的生活现状满意吗，我答“真不好意思，是满意的”，他们眼睛里便有深深的失望。

曾经我不那么满意，在失眠最为严重的那段时间，我白天在格子间对着电脑工作，下班坐在地铁上睁着眼发呆，晚上趴在阳台上看夜班飞机一架一架从头顶掠过，实在没有困意就打开电脑写小说，每天都处在与自己和他人的角力中，和这个城市里的大多数人一样，焦虑，不快乐。

那些睡不着的夜晚我问自己，你为什么不开心？

因为不能睡懒觉，因为工作里的一切看起来都那么扯。

那你想干什么？

看书，看片，写东西，做翻译。

如果只干这些能养活自己吗？

算一算，可以。

你算比较有勇气的那种人吧？

算。

那还有什么可犹豫的？

就这样，我辞职了，从此做起了自己喜欢的工作。

我想一生不短，却未必够用来下定决心为自己做一次勇敢的选择。但一生也没有那么短，足够选错之后山穷水尽时再说放弃。至少我还是个能够冲动起来的年轻人，如果这一刻我没有选择改变，那么我只能接受更漫长的不快乐。

我愿意为自己打这个高昂的赌，毕竟我和我的生活要共处一辈子，我想和它相看两不厌。

我在读《安妮日记》的时候，对一个细节印象特别深刻。

这个小小的犹太女孩在自己的日记中反复问自己，我能成为作家吗，我能写出永垂不朽的作品吗，我想成为让历史记住的人，我很想可是我能够吗……虽然豆蔻年华的她丧命于奥斯维辛集中营，成为冷酷战争与丑陋人性的祭品，可她写下的日记，却将她的生命永远延续下来。如她所愿，她被人们一代代地记住了。

在萌生出小小心愿的时候，我们倾向于认定它无法实现，久而久之，谈论梦想变得可笑。我们再也不能像小时候一样拍着胸脯说我长大以后要开飞机，当科学家，要做歌唱家，因为我们长大了，开始嘲笑幼小的自己和曾有过的天真梦想。

就像小时候，你说你要当画家，父母脸上有你无法理解的笑容，有点无奈，甚至带点同情，你虽看不懂，却也明白那不是赞同。你为自己申辩，据理力争，可现在，当你长大，当你听到幼童们的梦想，你的脸上也终于有了一个大人应有的表情。

很多人都会感叹，我们终于把生活过成了自己厌恶的样子，也终于没能成为自己想成为的那个人，可让我们放弃梦想，甚至尝试都没有尝试过的，并不是别人，而是自己。我们只是有一种与生俱来的本能，在面临选择时，总是会去选更好走的那条路，并为此冠以一条条冠冕堂皇的好理由。

一头扎进书堆之后，我的愿望就从未改变过，写东西，不过一个小孩子嚷嚷写东西总显得有些可笑。我写过无数小说的开头，编过无数没有结尾的故事，这些废纸依然藏在家中的壁橱里。

小学四年级在地方的报纸上拿到第一笔稿费，非常新鲜，而那种快乐并不是把稿费从邮局取出来买了书和零食，而是暗暗相信自己是可以去做写作这件事的。

读大学之后，老师说中文系是培养语言学家和文学批评家的地方，不是培养作家的地方。那又怎么样呢，我还是想写小说。

我不记得有多少个晚上，我抱着电脑去学校附近的避风塘，通宵写东西。那时候的自己很幼稚，也很直接。只是想写，想发表，想把堆积在心里的故事统统写出来，不吝惜自己的热情和文字。于是，从大学二年级开始，我陆续在杂志上发表小说。拿到第一笔一千五百元的稿费时，我觉得有些不真实。还有一些杂志仍旧使用邮局汇款单，比如《萌芽》，同学从学院办公室里拿了汇款单给我，也都是千元左右，不无羡慕地说真好。

我也觉得真好，不是因为可以额外赚取看起来还不错的零花钱，也不是因为国家级刊物上发表文章可以在奖学金的竞争中增加学分，我觉得真好，是我可以在别人问我“你平时都做些什么”时笑着说，我写小说。

在大学毕业时，我有了一份薪水不错的工作，忙忙碌碌于城市的清晨与夜晚，我从没有想过写作可以养活自己，所以忙里偷闲继续写着那些无端从心里就冒出来的故事。那些故事里的风景和小人儿，是对我忙碌工作最好的安慰。

就是在忙疯了的同时，我出版了自己的第一部长篇小说，紧接着便将以往在杂志上发表的短篇小说结集出版，机缘巧合又走上了文学翻译的路，到现在为止，翻译的作品比自己的书要多。在从事文学翻译的过程中，我有了更冷静的视角，来审视“语言”这个东西，由英语反观汉语，我渐渐愿意更理性地去思考其中的逻辑。没错，文字是感性的，但也是逻辑严密的。它比我编造的任何一个故事，都更接近哲学与无限。我喜欢一切让我感到自己渺小的事物，喜欢语言，大概

也是这个缘由。

仿佛是水到渠成，我需要将更多的时间与精力投入到自己的创作和翻译中，也在不停地写啊写中，猛然发现，我好像无须为养活自己而发愁。但真正促使我做出改变的，还是那些在失眠中度过的夜晚，我不想让自己那么不快乐，我想专心做自己擅长并心甘情愿的事情，高高兴兴地赚钱，不用很多，够我吃吃喝喝到处跑跑看看，就挺好。

也有人劝过我，拿一份丰厚的薪水，再拿一份丰厚的稿酬，不是更好？可在我看来，那样透支自己，成全的也只是贪心，透支的是自己有限的精力。长大成人特别泄气的一点，就是清楚明白地举手承认，精力有限，并不能把每一件事都完成得漂亮。

更有人对我说，你这样会脱离社会，会自闭，人不能把自己孤立起来。我只好笑着说，不是所有人都想生活在广袤的大陆，也有人是属于孤岛的。

在面对人生重大决定时，太多的声音反而影响我们对自己想要什么的判断，毕竟，去过生活的是你，去承担或好或坏结果的也是你，只有听自己的，才不会后悔。

就这样，我成了全职写作者，同自己的文字和别人的文字打交道，努力表达自己想表达的东西，也努力还原更多的英文作品。现在我又发展了摄影作为另一重职业，越发觉得人生是有很多种可能的，只要用那么一点点的勇气，就可以让一切截然不同。

我热爱自己沉浸在这份工作中的每一个瞬间。对我来说，此时此刻的选择，就是生活馈赠给我的，最大惊喜。

只是自由职业者的生活并没有那么自由，并非像我自己曾经想象的那样每天都是周末，而是连周末都是工作日，是为自己工作，没有办法磨洋工，更没办法糊弄自己。时间的安排由自己来定，但工作的分量只会更重。

我有两套作息时间，一套白班一套夜班。

白班自然是早起工作，不出门的日子里就上午翻译，下午写作，和上班族们一样晚上才是自己的时间，看书看片写手账跑步玩猫。

夜班就是睡到中下午才起床，但工作会持续到凌晨四五点，连续完成一部短篇小说时，我可能会一周七天都是这样的作息。

有时写完一个故事累到坐在地上哭，是耗尽全身力气的那种疲劳，是从窒息的虚构世界中努力抽身而出时的虚弱，同在不喜欢的工作里

受了委屈哭着骂娘截然不同，是一种备感踏实的哭，哭完休息两天，再开始下一段跋涉。

朋友是这样说我的：你虽然有严重的拖延症，但是你有足够的行动力，你说要做的事情总是一定会去做到。

所以，并不是自由散漫的人能够成为自由职业者，开一间小店，做一个插画师，成为一个小说家，其实自由的背后都是狠心咬牙的自律。我们的一天没有那么美好，但这样的一天天却会让我们觉得累积起来的人生是美好的。

每当有人同我抱怨状态很差、人生绝望丧到极点时，我从来不会说辞职去旅行之类的话，我总是说，去找一件喜欢的事情来做，在北京这样的城市里，工作赚钱都不难，难的是赚得开心，心里不存抱怨。

如果没有童年幼稚的渴望，没有长大后的一腔孤勇，没有不问明天的奋力奔跑，从艰难写完一篇完整的小说，到写完一本漫长的人生，从所谓稳定的上班族，到充满惊喜的自由职业，有过的梦想，就不会一直都在生长，在开花，在结果，每一岁都结出不一样的果。

我也不知道我是否能够一直继续现在的生活，可我知道，只要我一直写下去，就有一直自由的可能。如果哪一天我对自己的生活状态再度不满，我依然还有为自己再勇敢做一次选择的能力。

体验一次别人的生活：宠物医生的一天

我在 ONE 上写过一篇名为《午后四时的男友》的小说，背景设置在宠物医院，女主角是一名遭遇了奇幻事件的宠物医生。这篇小说发表出来后，许多人都误以为我是宠物医生。编辑评价说非常细腻，在涉及专业知识方面也很真实。我开玩笑说，是啊，我也是在宠物医院工作过一天的人啊。

我拿起相机成为独立摄影师后，为了写作而进行取材的方式不再局限于面对面的采访与记录，在空口白话的聊天之余，还可以用镜头记录那些未曾加工过的真实。又或者说，贪心如我，总想将这世上所有的新鲜都尝遍，想了解别人的生活，想进入别人的日常，想假扮一天截然不同的陌生人。宠物医院里的一天就是这样一种奇妙的体验。

因为小加菲 Mocca 是病快快来到家里的，所以头三个月我一直给它治病，渐渐和主治医生丹熟悉起来。给动物看病和给人看病没有太大不同，充斥各种令人绝望的等待，在等待期间，便同医生聊天，聊

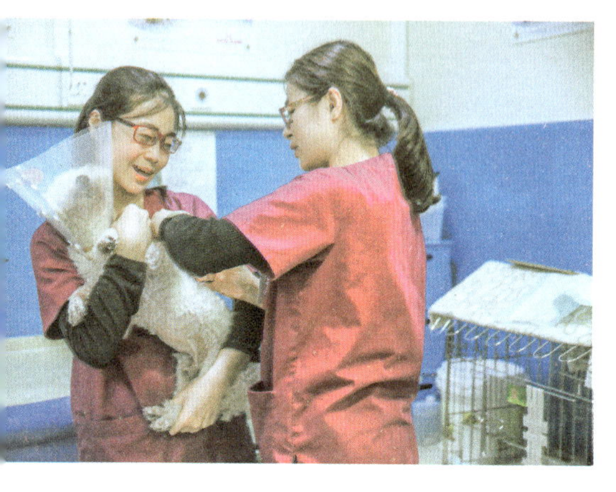

聊自家的宠物，也聊医生家的宠物，还偷听一些别人家的故事。

主人们带着各自的心头肉像流水一样一拨一拨出现又消失，我第一次意识到，在人类世界之外，动物们也有自己的悲欢离合，这些脆弱而微小的生命也有各自的故事与命运。

就是在那样的时刻我萌生了写一个故事的想法，约了丹做采访，同时表达了想去跟拍她一天工作的要求，没想到丹爽快地答应了，并对我说，如果不能亲自体验一下生活，你可能感受不到我们真正工作时的样子，当然前提是不能妨碍医生与护工的医疗操作。

宠物医院早上八点上班，实际七点半就已经进入了工作状态。我在上午十点抵达，丹和另外一位医生忙着帮我找白大褂套上。衣服这个东西，说起来也奇怪，好像人的身份真会随着一件外套而改变。

刚换好衣服下楼我们就遇到了第一个患者，一只九岁的泰迪犬因为连日呕吐，主人带它来做B超，检查肠胃。丹顺便给看了看其他器官的状况，于是意外在胰脏上发现一个肿块，看大小应该已经长了有一段时间。主人一下慌了神，自责疏于带狗狗做体检。丹给的建议是每两三个月复查一次，监控肿瘤大小，万不得已的时候再开刀，毕竟不开刀只有穿刺能对肿瘤的良性或恶性做一个判断，但穿刺对九岁的狗狗来说依然有风险。

送走这只泰迪，丹便偷空去治疗室给住院的一些猫狗喂饭。其中有一只耳朵还没有立起来的小柯基，因为是异瞳所以让人过目难忘。和它一窝的小柯基全都得了细小并且已经康复，唯独它还在和病魔战斗。丹用罐头拌狗粮喂它，细碎地抱怨它嘴巴很叼，只吃罐头不吃狗粮，所以，即使是医生，也只能一样惯着。

下午快下班那会儿，主人来看望它，蔫了一天的它一下子就活泼起来，满屋子撒欢儿。

住在小柯基隔壁的也是一只得了细小的纯白幼犬，四个月大，病情更严重一些，一直趴在笼子里输液。

丹带它去散步，结果它就是不肯在瑟瑟寒风中解决自己的生理需求，一定要散步回来之后在医院大厅“泄洪”。我第一次看见狗狗便血的样子，哗啦一下就是一大摊深红色的流质，用触目惊心形容也不为过。医生护士们赶紧清理消毒开门通风，我可能是少见多怪，所以觉得特别难受。

丹很开心地说小白今天有希望能输血，果然主人辗转找到了它的妈妈，带来准备做交叉配型。丹说得了细小的幼犬白细胞数量急剧下降，所以需要争取时间来给白细胞进

行再生，这就是输血的意义，是为了给狗狗们争取时间。这也就意味着血的使用很快，并且可能需要多次输血，而最终是否能够痊愈也要看命运。商业输血价格太贵，一次数千对许多主人来说并不是一笔小数目，因此他们通常建议找宠物的直系亲友，或者募捐。小白的妈妈被牵来时，医生护士也围着它惊讶了好半天，感叹这只纯黑的田园犬是怎么生出一点杂色没有的小白来的。本来丹就担心狗妈妈体型不够大，又当场听说狗妈妈已经再度怀孕，所以最终输血没能进行。献血的血量对大型犬来说不会影响它们的身体机能，但小型犬不行，不适合献血，怀孕的狗妈妈们则需要更多的营养，所以更加不能让自身血液流失。

我看着主人一边哭得满脸眼泪鼻涕，一边发朋友圈求助狗友，医生护工们也知道无法安慰，都只能默默目送主人哭着夺门而去。那一刻我有点希望她能抱一抱自己的狗再离开，但她又那么伤心，也许她是没有办法面对狗狗这双忧愁的眼睛。

小动物的眼睛里常常有忧愁的神色，让人看了难过，那是一种时刻在准备告别的眼神。

治疗室里还有一些由医院收养的流浪猫，其中一只丹非常喜欢，叫“口香糖”。它是志愿者吃饭时捡到的，从尾巴尖儿到鼻子尖儿，全身上下被人恶意粘满了咀嚼过的口香糖，志愿者当即把它送到了丹这里。无论是幼童的恶作剧，还是成年人的心理变态，对任何生命的戏谑与虐待都是不可原谅的。

经过简单救治，“口香糖”就在医院暂时住下了，丹剪了自己旧衣的袖子给它做了小衣服，还在背后缝了个蝴蝶结。“口香糖”特别活泼亲人，丹说打算等做完全部免疫给它找个好主人领养。不过护工们都劝她自己收养，看得出丹特别喜欢它，可是她的家里已经有两只收养的加菲猫，无力再照顾新成员。

正逗着“口香糖”玩儿的工夫，诊疗室来了一只10岁的美短，带它来的是老两口，它被装在一个布质手提袋里，露出圆圆的脑袋。阿姨瘦瘦高高，烫着知性的卷发，说起话来声音抑扬顿挫，她轻声说“10岁了，肾衰，没救了”，而后眼睛就红了。

这只猫是先天多囊肾，肾衰并不是没得救，但多囊肾病发引起的肾衰就是没救，这是一种基因缺陷。丹说纯种猫发病率更高，所以应该尽早排查，利用药物进行控制，延缓发病。我问她多囊肾一定会发病吗，她说是，只是早晚的问题，就像从出生那一刻就揣着一颗定时炸弹。

阿姨留下老伴一人在诊室，自己去洗手间外，面对墙壁，遮住眼睛，默默哭了很久很久。她对丹说之前帮朋友养了一只猫，养到 20 岁，非常健康，这只才 10 岁，怎么就不行了呢。丹说就算健康的纯种猫，也极少长寿。纯种猫可以理解为猫类的近亲繁殖，所以基因缺陷遗传率更高，先天疾病得到抑制、基因改良的概率也更低。

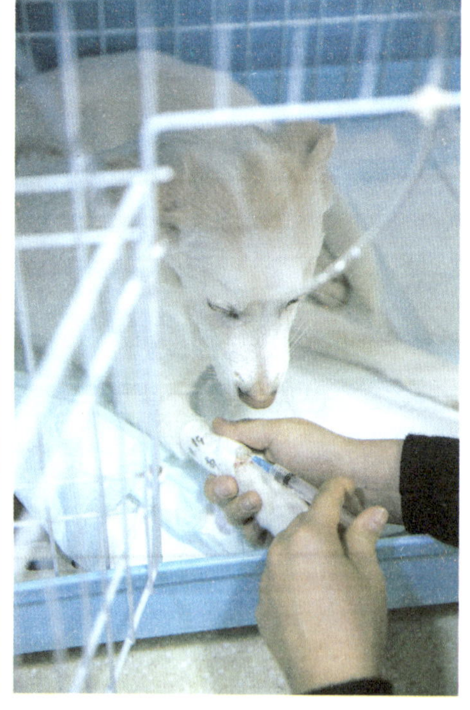

有时候，我们不得不承认，人类的欲望与偏好，确实改变了这颗星球的很多规则，这是一种凭借着犯规进行的不当竞争，但又有什么办法呢?

之后又来了一只得了鼻支的英短，人高马大的男护工抱起它，我觉得这个画面的反差萌让我心都化了。还有一只肾衰抢救过来的猫，今天主人带来复查，并继续巩固治疗。

丹说这只肾衰猫能活下来也是生命的奇迹。当时因为看不到治愈的希望以及遥遥无期的医疗费用负担，主人最终决定放弃。丹劝主人，说无论如何也是一条生命，你们就把猫留在这里，我们不会不管它，最后救不救得过来都会通知你。

好在，一切的生命都会有各自的奇迹，这只黄白色的田园猫竟然真的慢慢好起来。丹通知主人过来领回家，当时的情形我没有看见，但今天过来复查，两个姑娘都像是带猫回来见亲人一样，医生和护士们看到这小家伙，眼睛里都有光。

丹在楼下忙碌的时候，我独自跑到二楼的住院部。住在这里的都是做完眼科手术的小动物，因为这里是眼科专科医院，所以全北京碰上眼部疑难杂症的小动物如果有需要都会被不同的医院转诊到这里。

住院部的墙上挂着一块巨大的白板，记录着住院户们的健康数据。

有一只十几岁的老狗很优越地在地上溜达，护工说它已经失明，长期散养在这里。

狗狗们安静的时候是真的安静，可一旦某一只叫起来就是灾难级

别的大合唱。护工也闲不住，一只一只安抚，轮流抱出来活动，到了傍晚还要集体牵出去解决拉屎撒尿的问题。说真的，对女孩子来说，真的是个辛苦的职业。就像所有猫奴的手机一样，医生护士们的相册一打开，只有动物没有自己，那些照片在外人看来每张都差不多，可在他们眼里，每一张都很特别。

这一天里，我遇见很多动物，有很多次想哭，也有很多次想笑。

我曾经写过的，在真正养猫之前，我对动物是叶公好龙，喜欢却不敢靠近，动物的世界对我来说是另一个维度。自己养猫之后简直不知道要怎么喜欢猫才好，并且不相信会有人舍得放弃自己的宠物。丹却说这样的情况其实很多，有些人花四千块买一只猫，却不会愿意花五千块给它看病，有许多治疗到一半的动物就是这样被放弃在医院里的。有些救过来了，被好心人领养，有些离开这个世界，我会好奇，它们知不知道自己被人放弃了。

医生和护士们几乎都从医院领养了通过各种渠道救助过来的流浪动物，或者是被主人放弃了的宠物。

丹很想让我见一见从河北送来抢救的蓝猫，主人在决定放弃治疗的同时已经去买了一只新的猫，丹就把它留下了。可惜在我见到它之前，它就康复出院被小护士带回家了。

我觉得对于丹来说，和喜欢的动物在一起，大概就是她最喜欢的一件事情吧。她的手机里真的躺着许多动物救助志愿者的联系方式，"口香糖"的小窝已经不知道住过多少被救助回来的流浪动物。有时我们觉得施以援手这件事可能并没有什么意义，但有一个小生命因为你而能活得稍稍好一些，就足够了吧。

她还说起有个同学干脆辞了职去动物园做起了熊猫饲养员。怎么办？有点羡慕。

有个老爷爷用轮椅推着一只斗牛犬来看病，他说这只狗 18 岁了，年轻时候参加各种比赛都拿第一名，在东城区是条名犬，"这个啊，是我老伴儿养的狗，我老伴儿走了，我可不得把它也好好伺候走才行。"

听到这句话的时候，我的眼泪真的掉下来了。

离开医院的时候天黑了，丹去开会，我裹上厚厚的外套去买奶茶喝。

我特别佩服那些一心一意做一件事的人，而我，又要去寻找自己的下一个身份了。

解锁一项新技能：作为摄影师的我

一天中日落的那个时刻，空中的流云有许多颜色，路上的行人有许多表情，我在街上与人告别，出门前卷过的刘海早就被汗水压趴下来，为了哄自己开心画的妆也花了大半，我抱着重重的相机去找一处地方落脚。

大多数时候都是胡同里的咖啡馆，我精疲力竭要一杯咖啡，托腮看窗外人来人往，看他们匆匆掠过的脸庞，想象着这些面容被定格下来最好看的样子。我要放空很久，等多多同学来接我，他会翻看我相机里的照片，有一搭没一搭地评论上两句，而我继续放空，直到回家。

这就是正在作为独立摄影师的我，是我结束了拍摄工作后的那一小段空白，不是白天也不是夜晚，有点累，但心满意足。

我很少严格限制拍摄时间，总能从午后直拍到日落，也很少严格控制按下快门的次数，说是两百张原片却总会变成三百张，后期做精修的时候，没有被客人选到的片子，如果有我非常喜欢的，多多同学也会额外修出来免费赠送。我们会一起设计最好看的照片书排版，一起为每一次的拍摄准备新鲜的道具，我知道对一个开门做生意的摄影师来说，这样不太占便宜，付出的精力与时间显得过多，即使不做这些，也已然对得起自己每一次按下快门的认真，可我能够说服自己，因为毕竟，摄影是我们很喜欢很喜欢的事情之一，而我和多多同学其实从未想过自己会成为摄影师。

我人生中第一台相机来自外婆。10岁那年，我参加了本地报社组织的小记者团，到北京来参加夏令营，外婆专门买了傻瓜式的胶片机给我，要我多拍照。从没有认真拿过相机拍照的我，竟然带回了三卷能够正常冲洗的胶卷，没有奇奇怪怪的废片，也没有把相机摔坏或遗失，事实上，我非常珍视那台小巧的银色相机。

那会儿妈妈翻看洗出来的照片，就念叨我说，你怎么什么都要拍啊，房顶也拍，树也拍，这些瓶瓶罐罐的拍这么多，怎么还有这么多路人，这个又是什么，影子也好拍的？你就不能好好站在那里让别人给你多拍点旅游纪念照吗？

可是，我喜欢那些生活里稍纵即逝的细节，那些抓不住，却能够被定格下的某一刻。

在那个夏令营里，我最喜欢的课程，也是摄影课。

有了彩屏手机可以拍照后，我好像就可以更加肆无忌惮地去拍那些不太有实在意义的照片：正午窗口一朵臃肿白云的迁徙，悬铃木掉

下的茸茸果实，小区门口的垃圾桶，别人家阳台上晾着的床单，风过树梢，雨落房檐，我每天都会经过的车站，走过的小吃街，见过的树，路过的建筑。那时候，我就开始明白，摄影并不是还原真实，而是在还原与摄影者有关的真实，那些边角料一样的场景同彼时彼刻的情绪勾连，变成了完全不同的另一样东西。

读大学以后，我会和兴趣相投的朋友专门约了去拍照，去学校附近的紫竹院公园，去植物园，去地安门大街附近的胡同，也去并没有现在这样腿都迈不开的南锣鼓巷，和朋友们相互拍，会比比画画地拗一些古怪的造型。拍完回去会用修图软件简单地修一修，配上一些略显矫情的文字，那些文字是现在的我们再也写不出来的，就像那样装作仰望天空或者埋头假扮忧郁的照片是现在的我们再也不会去摆拍的，但那就是所谓的青春吧，一切情绪都来得更汹涌，一切举动都做得更凶猛，特别用力，也特别脆弱，是强说愁的少年时，可我依然很想念那个时候。

后来我遇到了多多同学，他刚刚对摄影产生兴趣，却是个 PS 熟手。

在摄影这件事上我们有许多可以相互弥补的地方，比如我缺乏耐心，而他很细致，我在乎照片传达的情绪和感受，他更在乎构图和比例，我拍照的时候会很亢奋，他却格外沉稳，我拍照快如风，他能耐住煎熬一张张修片，总之很是不同，却意外成了一对恰如其分的搭档。

周末我们常常找地方去拍照，我拍风景，他拍我。工作闲暇之余，我们一起上了不少摄影课程，就像所有的艺术门类，感觉很重要，却也要有成熟的技术去表达这种膨胀在身体里的艺术感受，也因为布光的复杂而气恼过，因为调不出心里那个理想的色调而沮丧过。其实说起来何必较真，又没有一个甲方等着我们交出满分成品，可我们偏偏就是较上了劲。

我们也不断出去旅行，总会带上很多张不同的存储卡。旅途中的沿路风景不用说，多多同学为我拍下很多很多好看的照片，好看并不是厚着脸皮说自己，而是说照片本身，用心拍下的人像，总是好看的。我们尝试不同的角度、不同的动作、不同的方法，也会偶尔兴起拍摄一些小视频，而我又不是模特，也没有多么出众的脸和身材，但谁的年轻不值得好好珍惜呢？我单纯享受在镜头前被拍来拍去的快乐，我知道我走过的旅途将以最美好的方式保留下来，何乐不为？

所以我想，一定有很多女生也是这样想的吧。不是明星，不是模特，甚至不是标准意义上的美女，是不是就没有资格在镜头里定格下属于自己的好看了呢？好看并不是一个被框死的定义，更没有千篇一律的标准，我在镜头背后，可以构建出自己的美学，于是我开始给身边的朋友拍照。

真的是非常有趣的过程，我来制定适合朋友的拍摄主题，朋友则会根据主题准备服装，我们一起来化妆或者简单修饰头发，再一起开开心心地拍上一个半天。

后来我萌生了做一本摄影故事书的想法，想拍不同女生在不同城市里的生活，通过镜头回到她成长或者有所羁绊的城市里去，把回忆从城市衰败的过往中涂抹出来。那些重要的地方，那些消失了的地方，那些奔跑过的街角，等待过的天台，闭着眼睛也不会走错岔路口的几点一线，我想拍下这一切。这可能只是个自我陶醉的想法，但我确实为此付诸实践，虽然它最终像我有过的许多信誓旦旦一样，成功夭折。

却也是从那时起，网络上渐渐有人开始特

别来告诉我，喜欢我拍的照片，喜欢我和多多同学用心记录下的沿途风景，旅行相册和相关的日志很幸运地因为陌生人的喜欢而多次被推在了豆瓣首页。那时我还同朋友们开玩笑，我可是个写小说的人呀，可现在豆瓣上的友邻可能都没读过我的书却先认定了我是个拍照的家伙，这可真是个职业错位。朋友却鼓励我说，你为什么不能就去做一个摄影师呢？

我可以就去做一个摄影师吗？当时的我也并没有细究，只是一直沉浸在拍照这件事所带来的快乐里。我拍起照来大概可以用忘乎所以形容吧，四十度的高温天在大太阳底下上蹿下跳也不觉得晒，为了照一个好看的角度把相机举过头顶半个小时也不觉得肩膀酸痛，有时候模特都累了我还在强撑，多多同学说我拿起相机就像打了鸡血，我想这就是喜欢的力量吧，就像和喜欢的人在一起多久的时间也不觉得多，而和不喜欢的人在一起，一秒钟也是煎熬。

渐渐地，开始有朋友推荐我们去为有需要的人拍照，拍摄静物，或者人像，也会有陌生人来询问我是否可以付费约拍，我觉得很新奇好玩，就和多多同学一起尝试起来，却发现自己竟喜欢用拍照来认识陌生人的这个过程。

因为拍照，无论是前期沟通掏心掏肺地听对方说故事，还是见面之后东拉西扯地聊着天消弭初次相识的陌生感，同我为了写一个故事而收集素材的感觉很类似，不同的是，故事里有许多让人失望沮丧的部分，甚至有阴暗与复杂的那一面，而拍照，却会让每个人都把自己最天真赤诚的一面交给我，时时刻刻让我觉得人这种生物，真是复杂

又简单，可恨却也可爱。

拍摄的过程通常也都很开心，大家一起说说笑笑走走拍拍，甚至吃吃喝喝，收工在路口说再见，我都会静静目送他们离开。

在这个不知不觉开始拍起客片的过程中，我和多多同学有了很默契的分工，什么样的拍摄我去，什么样的拍摄归他，什么样的工作必须我们共同完成前期，后期修图的工作则统统交给他，我偶尔会用手机修出一些花絮图来。

最开心的就是每个拍摄对象都觉得自己被拍得很好看，因为我从不认为有绝对的丑姑娘，不好看只是因为没有发现自己的好看，不打扮，不料理，不知道穿怎样的衣服，找不到自己漂亮的角度或者五官中的特点，可是我能，我总会很肯定地说，你拍出来是好看的。

因为那是我的愿望，我并不想把普通人拍成没有死角的模特，我

只想用镜头语言把一个普通人的好看白描出来，那份好看是属于她自己的，并不是被一声快门凭空创造出来的。我想用照片向每一个来找我拍照的姑娘证明，你真的是好看的，你可以不相信我，但你要相信自己。

生活中色彩不鲜明的时候多，平庸的时候多，等却等不到结果的时候多，轻盈的时刻少之又少，摄影于我就是这样能够双脚离开地面轻松飞起来的时刻吧，在又累又兴奋的状态里咔嚓咔嚓按下快门的时刻，是彩色的，是只见美好不见伤心迟暮的。

所以，我还是做了一名摄影师，或者说一个喜欢给人拍好看照片的女摄手。我极少在自己的社交网络上用大喇叭去宣传自己和多多两个人的家庭工作室，宣传图书也好，宣传拍照也好，都是让我望而却步的事情，我更奢望默默的水到渠成。好在生活似乎略微对我有些眷顾，一直有各种各样的人来找我们拍照，有各种各样的人生被我撞上之后收入囊中，成为我小说中或者重要或者云淡风轻的一笔。

其实我常常抱怨自己是运气不太好的那类人，没有什么偏财运，也无缘中奖，生活上也好，工作上也好，但凡需要点运气的地方我恰好一点也没有，可我却偏偏爱对别人说，无论是写作，还是翻译，甚至拍照，我的一切职业身份一切工作都是由爱好而来，大概就是运气好吧。

其实我知道，并不是运气太好，而是喜欢太深，深得拔不出脚来，就只有一条道走到黑了。

手账一年为期：收藏自己的小生活

每晚睡觉前，我都会安安静静坐在自己好看的薄荷蓝书桌前，摊开手账本，闷不吭声地写写画画、剪剪贴贴忙上许久，要记录一天里的屎尿屁与形而上，也做好第二天的日程安排，落地灯在一旁照亮手下的方寸，像一个温柔的同伴。

这大概就是一天中我觉得最满足也最放松的时刻。

断断续续用手账来记录生活已经有三四年的时间，断断续续是因为一直是不够自律、很容易向食色性妥协的人，所以难免偷懒，难免明日复明日，而三四年来我却还始终保持这个习惯没有丢弃，是因为太喜欢收藏生活里的小碎屑。吃了什么，去了哪里，为什么开心，为什么掉眼泪，好看的标签，通勤的车票，约会的电影票，吃饭的收据，旅行时候的地图、门票、导览手册，所有这一切应当揉成一团抬手丢进垃圾桶的纸屑，我通通都想贪心地制成标本，压缩在一本手账里。

我总向人辩解，这些不是垃圾，是时光的痕迹，因为时光跑得太快太悄无声息，我却总想留下点什么，来为那些过去的分秒做个微不足道的注解。

在一本叫作《自杀》的法国小说里，主人公是个非常自闭的人，他事无巨细地收藏生活中的一切票据，他的房间被这些来自过去的垃圾占领，作者说，其实，收藏这些就是在收藏自己。读到这里的时候，我心里有点恍然，似乎不错，我拼命留下生活的边角废料，不就是在证明自己的存在，是在收藏那些看了很棒的电影、去了很远的地方、喝了美味的奶茶、买了喜欢的裙子的自己？

弗吉尼亚·伍尔夫的丈夫一生都坚持写客观简单的日记，甚至会毫无意义地记录下行车里程，我想每天的里程数，可能就是他最想收藏下来的数字，是最让他能够感知生活真实不虚的东西。他的日记没有一天的中断，没有污渍，没有褶皱，唯有在伍尔夫自杀那一天，那一页日记依旧如常记录了行车里程，却意外出现了水渍，不知道是他为亡妻掉了眼泪，还是不小心洒上了茶渍。无论是哪一种，都表白了那一天他心里的波澜，这是他全部日记中唯一的瑕疵。

很多时候，我翻看曾经的手账，就像是在审视陌生人：欸，那个时候怎么会这么固执呢？怎么会为这样的事情忧虑呢？我竟然说过这样的话吗？居然还发生过这样的事情，有什么大不了当时竟然那么在意？缺失的记忆被这些手写的文字所提醒。虽然这些细枝末节就算记住也没什么意义，忘记也没什么影响，可我还是想要用一些方式把它们留下来，并且还要用更美好的方式去留，所以我买了很多很多胶带纸和贴纸，挑选最合心意的手账本，用彩铅、水彩、彩色中性笔来记录不同的内容，用胶带纸拼贴不同风格的图案，有时间手也痒的时候就自己一笔一画地去画一页日记出来，这个过程也许会耗费掉一个小时，但在这一个小时里，我确定自己是开心的。

生活里，但凡有取悦自己的方式，我总是不遗余力去做，因为快乐这种情绪不知道为什么总是很难获得，也很快就会过去，反而遗憾、难过这样的情绪更漫长更持久，所以，我想尽全力，也不过是为了让自己开心一点。

所以2016年的最后一天晚上，我准备好了新一年的手账本，有日记，有工作日程。我绘制好了月历，画好了各种各样的打卡图案，暗暗下了一个小决心，新一年的手账，一页也不能少。

生活中大约没有几样东西是不需要坚持的，那些不得不咬牙坚持下来的事情就不用说了，就是拼图或者组合乐高，游戏也有游戏的坚持。所以，我想为自己喜欢的手账好好坚持一次。

有了每天的日程，我很难再自欺欺人，白纸黑字写下一天的任务，一天两天的完不成，手账里就是一大块一大块的空白，打眼望去，简直失败透顶，连自己也要嫌弃死自己，而完成后用彩色铅笔涂掉的条目，心里的满足感可以延续到这一天的结束。

野心这种东西不是人人都有，但一定没有人希望自己一事无成。在自己的生活中，总还要有一星半点的成就感，比如，一天的计划全都完成了，这种清零的快感让我能莫名积极地去计划更饱满的第二天。

有了这样日常的时间轴和习惯追踪，一个月下来，就能清清楚楚看到自己到底是怎样安置了一段又一段的时间，是成片空白，还是涂得密密实实，是虚度，还是不够用。

我希望我的手账本是满满当当的，为了填满它，我的每一天，也必然是一样满满当当。

工作手账就好像是从我身体里分裂出的最理智的那一部分，让我的侥幸、懒散、迷糊无处遁形，只要翻开来，就知道自己到底是不是真的虚度了好时光。我虽然无法从别人的眼睛里去看自己，但我可以在手账本里更了解自己那么一点。

而对作为日记本的手账，我则完全是抱着享受的心情，想方设法地去装饰、配色，或用胶带纸拼贴出一幅完整的图画，或用彩铅把自己的一天淋漓尽致地画下来，有什么票据或者包装纸的话就剪贴下来，写下流水账也好，写下只想对自己说的话也好，总之都写得赤裸坦荡，这是一种无法同他人共情但就是很绝对的快乐。

很难解释这本绝不会拿去给人看、除了自己也没有人会仔细翻阅的手账本到底为什么值得花费那么多心思，其实值得或者不值得本身就是很私人的一件事，或者干脆说，写手账和打游戏、打篮球、追新番并没有什么不同，是我为自己找到的一个爱好，并且有足够的热情和愿望去坚持下来，我愿意将工作之外的剩余时间与手账共享。

即使出门旅行，我也会拆下足够数量的活页纸，每晚在陌生酒店或者民宿里，伴窗外霓虹，记录下这一天里的旅程。就像拍照一样，记忆并没有那么可靠，我会莫名忘记太多不想忘记的东西，虽然忘记也没有什么关系，不再想起也不影响我继续把生活过下去，可就在这记忆发生的当下，我知道我希望记住它，希望很久之后依然能够想起

它，所以我要巨细靡遗地记下它。

一转眼，2017 已经快要过去，时间留不住总是有点忧伤，可是我的手账本当真没有缺掉一页。这大半年时间里我遭遇的所有狼狈与幸运，所有重大的失去与得到，所有的好与坏，都以一种很美好的形式做成了标本。我完成的事情有这么多，我没有做到的事情有这一些，我能够清清楚楚知道这并不特别甚至有点兵荒马乱的一年里，我是怎样度过了每一天。那种面对时间的无力感，好像因此可以坦然一些。

我也因此才知道，原来条理分明地生活，也是很不错的选择，我好像真的比从前多完成了很多分内分外的工作，多写出了许多东西，多发现了许多熹微处的光亮，画画这件事也捡了回来，弹琴这件事又回到了日程。

我知道一生有限，大多事情是做不到、做不了的，可纵然一生有限，原来我还是可以做这么多事情，这样的感觉，也不算差。

很多人都说，因为开始写手账，生活里美好的东西被放大了很多倍。说起来也很神奇，我愿意用手账记录生活，记录旅途，记录工作，记录看过的书和电影，记录一切可以记录的东西，现在想想，神奇的也许不是手账，而是我们自己呀。

不求回报坚持一件事：翻译一本喜欢的书

无论是公众号还是微博，收到最多的提问之一是，“我是英语翻译专业的学生，我也希望以后能够像你一样成为职业翻译，要怎么做才行呢？”

说实话，我到底是怎么莫名其妙就做起了英文小说翻译，连我自己也觉惊讶。因为我在学习英文的每一个环节里，从来就没有过一个明确的目标叫作“我要当翻译”，更没有想过会将译书作为职业里非常重要的一部分。

每个人所走的路，都无法被复刻，都有各自的必然性与偶然性，所以我总是谨慎于谈论经验。然而有一些超出经验之外的东西，却让我自己回头看翻译这条通幽曲径时难免感慨。

那就是，如果恰好有那么一件事，是你喜欢并擅长的，哪怕此刻它无法带给你任何实际利益上的回报，哪怕你的坚持看起来全是做无用功，但也不要因此放弃，再不济，它也是你同其他人的区别所在，而很可能一不小心，它就会给你双手送上奇迹。

翻译于我，就是这样一件小事。

我相信所有的小学生都被无数次问过，“你的梦想是什么？”

小学的时候，我就在老师和同学面前大言不惭，说我要当作家，我还要当外交官。

八九岁的孩童并没有料想到，很多年后的自己，真的写了书，翻译了英文小说，似乎也为文化的传递做了那么一丁点贡献。

在我读小学的时候，英语课是从四年级起才会开设。一年级时，某天放学，我走出校门，有位拥有漂亮银发的老阿姨在发少儿英语课程宣传单。阿姨的女儿刚从美国留学回来，自己办起了英语课堂，在那个教辅机构并没有如今天般狂轰滥炸的 1996 年，这还是件有点新鲜又超前的事情。

我拿着宣传单回家跟我妈说，我要学英语！

现在想想还觉得不可思议，我竟然是自觉要上课外班的小孩。

从那时起，我的课外英语学习就一直没有中断过。

小学是从启蒙性质的少儿英语 ABC 入门到学完《新概念》第一册。而我竟然还丧心病狂地同时参加了学校开设的剑桥少儿英语课程。这都是在四年级学校正式教授英语之前。我还记得英语学习的道路上，我遇到的第一个长单词是 umbrella，总是背拼写，总是忘记。

每天吃午饭时，我都抱着饭碗对着教育频道一个看美国动画学英语的节目，一手吃饭一手记笔记，不懂的地方一定去学校缠着老师问明白。

那时候的我能懂什么呢？既不会去想英语有多么有用，也不知道为什么要这么努力去学，无非就是对一种陌生语言的热爱吧，或者说是对“语言”本身的热爱，而我很幸运，敏锐地抓住了这种热爱。

就像有些人的基因携带长跑天赋，有些人天赐好嗓音，我相信每个人都是怀抱着一些小小礼物来到这个世界，区别只是你是否打开了它们。

流传度最广的那些世界名著，我在小学和初中就很痴迷地看完了，看着看着自然不满足于看译本，会越来越想看看作家们用自己的语言写出的原文，究竟是什么模样。

初中时我继续学习《新概念》，心里只有一个愿望，能看原版书。英语老师说，把《新概念》全都背下来，就能看懂了。我一点都没去质疑他可能只是敷衍我，总之他这样说，我就真的背，还默写。第二册的课文我可以连续默写几十篇。

再后来，我喜欢上电影，就背电影剧本。书店里有这类读物，网上也有很多资料，高中时，我没事儿就在家里背喜欢的老电影剧本，《魂断蓝桥》《罗马假日》《海上钢琴师》这一类。过去的译制片在翻译质量上是非常上乘的。

或许是在那时候吧，我每读到喜欢的作品，心里可能会倏忽闪过一个小小的念头，如果我也能翻译一本自己喜欢的小说，该多好。

只是这种念头从来都不强烈，闪过，也就不太往心里去了。

我从高中起开始看一些中英文对照的作品，外研社出了很多，最早看的是简·奥斯汀一系列的小说。那是我第一次开始思考译文和原文的关系，开始去寻找自己认为好的与不好的翻译，逐渐有了自己的判断与偏好，明白了个中区别。如果看到非常喜欢的翻译作品，是英文的话，我会努力搜索一些原文与翻译进行比照，如果发觉译者非常准确地传达出了原文的气质与情感，我会非常感激翻译。要知道，有些作品真的是非常难以翻译的，别说奇葩的现代派了，古典小说中文版读起来爽，可是英语原文看起来就晦涩得多。

大学期间，除了必要的英语学习和听说训练之外，我第一次接触了翻译，是相当悄无声息的接触。

当时我订了许多英语杂志，有些杂志会有英语文学作品选段，占三四个版面，从经典或者流行作品中节选一些片段出来。我也不知道自己怎么就莫名奇妙把杂志里的每一篇都翻译了过来。

只要是去图书馆自习，我就必定有一两个小时是在做翻译选段这件事。那些杂志我都留下来了，现在翻开，依然清晰可见文章页里我画下的断句符号、圈出的转折词、标注的词性，还有批注的语法分析。什么《英国病人》啦，《三杯茶》啦，《追风筝的人》啦，我全都留下了自己的翻译片段，还全都是一笔一画的手写。

每当我合上《文学史》，做完听力练习，一打开杂志的原文阅读

页面，那种兴奋感就难以言表。为此我还去上了翻译课，买了许多翻译类的书籍。

遇到翻译方面的难题，或者比较陌生的表达方式，我就去纠缠在国外留学的各种亲朋好友。

然而说到底，我做的这些事情，对于当时的我来说，并没有任何实质性的价值，只是一种痴迷而已，甚至在很多人看来也不过是一种打发时间的方式。好在大学本就时间多，在越来越没有时间的今天，我特别庆幸那时的自己没有把这些时间浪费得一干二净，而是多少做了点什么，坚持了点什么。

大学毕业，我做着媒体的工作，写着小说，买原版书来看，看到喜欢的段落还是会翻译上两页，虽然译文的读者只有我自己和多多同学，但依然有一种踏实的成就感。在匆匆忙忙的生活里，这种翻译反而成了我的致幻剂。

即使你并不知道自己正走在通往梦想的道路上，但或许你的脚步会被看见，会有一些奇妙的力量用力推你一把。

我翻译的第一本书原本和我并没有什么关系。我是牵线人，工作原因采访了某个译者，就有出版社的编辑辗转请我帮忙联系。后来因为档期、费用等各种原因，没有谈妥。编辑觉得很遗憾，我恰好看了开头部分的原文，就同编辑随口聊了聊自己的感受。编辑说你感觉很准，要不你试试吧！你中文肯定没问题，英语怎么样？

我当时还挺恍惚，就说那我试试吧，然后用一个晚上做了两千字的试译，没想到第二天编辑说得到了编室的一致肯定。

就这样，我有了第一本译作，《初恋那些事儿》。后面就开始接二连三。当我接到《绿山墙的安妮》重译邀约时，我真的从椅子上弹了起来，如果说梦想成真，大概就是那一刻吧。

如果你问我少年时代最喜欢、读过最多遍的书是什么，我会毫不犹豫地告诉你，是《绿山墙的安妮》，并且同许多乐于把自己代入成女主角的小女生一样，我认定安妮就是我，我就是安妮，用安妮的话说就是——“我们拥有相似的灵魂”。到现在，我早已不是十几岁少女，却依旧深深喜欢安妮，其实就是喜欢自己心里属于少女的那一部分吧。

少年时那一本很老旧的《绿山墙的安妮》被我翻看到散架，又小心翼翼粘合起来。我也收藏了许许多多不同的版本，每一个版本都不同，正如一千个读者眼中就有一千个哈姆雷特。当我开始阅读英文原版时，我心里又慢慢勾勒出了一个全新的安妮。我想，这才是我第一次真正握住了她瘦弱的小手，在触碰到她的那一刻，我有强烈的冲动，想用自己相似的灵魂，把她用力跳动的脉搏，传递给更多人。

在我初中时代贴在墙上的那张世界地图中，我拿铅笔用力地圈出了加拿大的爱德华王子岛，旁边写着，一定要去的地方。

每一个小小少女终将长大成人，包括安妮，包括你我，可是有过的梦想还是要放在心上，那个真诚面对世界的孩子，请永远爱护那样的自己。

我是那么喜欢安妮，喜欢到完成翻译的时候，我对着电脑哭了。

我记得也是试译稿交上去的时候，编辑欢喜地说，安妮被夸了，说是这一批里最好的译稿。我也同样欢喜，我无法百分之百还原作者，但我用百分之百的努力，百分之百还原了我所理解的蒙格玛丽与红头发小安妮。

每一处断句都是慎重的，每一个汉语词的选择都是斟酌再斟酌的，每一种语气、每一个动作，都是我能够做到的最贴近原文的表达。我想，这也是我对文学翻译的理解。如果真的说有什么所得，大概就是以下三点。

首先，学会放弃英汉辞典，所有生词或者用法模糊的单词，懂得去英语词典里寻找答案。

其次，文学感受力很重要，只有感受到了作者的语感，才能翻译出原文本身的气质。所以，看过多少本书，决定了翻译作品从哪里起步。

最后，翻译是桥梁，绝不是再创造，原作文笔粗粝就不要去美化，原作精致细腻就不要吝啬文采。对文学的尊重之心，对优秀作者的仰望之心，都是一个文学翻译应当具备的品质。作为一个小说写作者，我尤其懂得在这里节制自我。

其实现在回头想想，就算我没有成为英文小说翻译，也没什么，无用功也并非真的白做。世上有万般事物可以造假，唯独肚子里的知识和握在手中的技能，是无法作假的。

如果有机会，我还是想去学习更多的语言，理解更多不同的思维方式，就算这一切并不能为我带来什么。

已经去世的科学文献翻译家张卜天曾经说，别人都不理解他为什么选择翻译作为终生职业，说他这个人太不现实，可他恰恰觉得，未必要追求过剩的物质利益才是现实，用一生做一件自己喜欢做的事情，才是真正的现实，其中的愉悦，只有自己才能明白。

所以，如果你已经找到那件你所喜欢的事情，就一直坚持下去吧，生活中的奇迹，谁也说不准。

接纳一只动物做家人：你好，Mocca

2016 年的五月中下旬，我们养了一只猫，它叫 Mocca，是一只包子脸的白色小加菲。

和我一样，它是水瓶座。

从此我们的龙猫 Latte 有了一个蠢弟弟，Mocca 争风吃醋很疯狂，但它始终打不过哥哥。Latte 知道如何吓唬 Mocca，并在不想搭理后者的时候完全无视他的存在。

为什么要养猫?

人对动物的感情，或许就同人对人的感情一样，从来没有什么准备万全，都是一时冲动，没有退路。比如 Mocca 的出现。

我喜欢动物，喜欢看别人家的宠物，喜欢看动物世界，也喜欢去动物园，但我又一直非常惧怕动物，所以“叶公好龙”这个词，用在我身上可谓再合适不过。

在工作以前，我从没有和动物一起生活过。唯一的经验是下雨天抓了蜗牛回家，用一次性筷子和水杯给它们搭游乐场，看着它们慢吞吞爬过整个黄昏。童年的大部分时间，我都封闭在自己的小房间里没完没了地看书，算是比较孤独，所以不知求过妈妈多少回，希望养一只狗，妈妈也总以耽误学习为由拒绝。

小时候的我对这个无比正义的理由信以为真，长大后才发现，妈妈和我一样，特别怕动物。曾经走在路上帮我挡开飞奔而来的小狗，徒手抓壁虎，拖鞋拍蜘蛛，都是迫不得已的逞强，虽然到现在她还是嘴硬不肯承认自己的少女心。总之，因为各种原因，我没有接触过小动物，所以对猫爪狗牙都心慌。工作后养了龙猫，如果要用一句话来解释这个物种，那就是孤僻症。它聪明，独立，不需要陪伴，很萌却懒得卖萌，时刻愤怒，又时刻犯懒，它的存在可以时时提醒我，生命终究是孤立的。

非要说接触过什么通常意义上的宠物，那大概是外婆家养过的一只白色的波斯猫，晓得我怕它，总忽然扑我，我叫一声，它就心满意足跑开然后再扑。后来这只猫走失了，我为此哭了很多天，虽然我并没有真正摸过它洁白的被毛。

直到现在，外公说起那只猫，还会表达出难过，外公说："发现它不会再回来了，我心里很委屈。"如果要找一个词来形容这种消失无踪的难过，大概就是委屈吧，我们付出的爱再无回响，是被抛弃了的委屈。

后来我渐渐可以接受狗，但始终无法接受猫。比如我非常讨厌猫缠着腿跳贴面舞一样蹭来蹭去的撒娇方式，比如猫对移动的物体有无法自控的挥爪子条件反射，比如见到朋友家的狗我可以肆无忌惮地摸啊摸，可是猫看我一眼我就退缩。总之，我就是那种觉得自己这辈子都不可能养猫的人。

于是多多同学总嘲笑我，说你又不喜欢猫，却总在看猫的图片和视频，你不觉得你自己很矛盾吗。我知道多多同学是想要一只猫的。他读高中的时候也曾养过一只白色的波斯猫，我见

过那只猫的照片，鸳鸯眼，像个乖巧的小姑娘，白净水灵。关于那只猫有多可爱多亲人，多多同学总是不断讲述一些重复的片段。我每每提及养狗，他都表示拒绝，但若说养猫，他便立即松口，态度就不那么分明了。

但以上可能都是废话，到底为什么我突然就真的要养猫，我也不知道。只是忽然有一天想养一只包子脸的加菲猫，说着说着就有一种非养不可的感觉，于是就有了 Mocca。

不少朋友都有养猫的经验，他们对猫的渴望执着而长久，是在街上看见晒太阳的小野猫也能非常大胆地抱起来，是被扇巴掌也无所畏惧，是一种很普世的爱。他们收养流浪猫，或者去救助站领养，所以给我的建议也是希望我去领养。

但我是真的怕猫啊！直到决定养猫的当下，我还是对猫这种小猎手心有余悸。成年猫我是绝对不敢碰的，所以和多多商量后我还是决定去买一只小加菲，从毛茸茸的小东西养起，应该就能克服对猫的恐惧了吧。

我知道漂亮的猫千千万，但我就是喜欢万里挑一的包子脸。

咨询了一些家庭猫舍，作为纯种猫，很多好的猫舍繁育的加菲价格高得离谱，从几万到几十万不等，还有所谓的父母血统证明，这让我有些沮丧，怎么连找一只作伴的小动物也变成了专业选手才能闹明白的事情呢？我们并不想去参加什么比赛，对猫是否出自名门也没有什么要求，我只是想要一只有眼缘的小猫。于是我也在豆瓣和微博上搜索了很多自家加菲生了宝宝有偿领养的，可等我问时，也都已经有了新家。宠物运输的各种揭露帖我也看过不少，所以北京以外的猫源也就排除了。最终，我们在淘宝和 58 上看到大量的帖子来自通州的猫舍，便在一个周末约了时间前去，总之就是十足被骗了一把。

过程我就不详述了，有了解宠物市场的朋友狠狠数落了我们不提前做足功课，后来百度了关键词才了解到宠物市场的可怕，也第一次知道所谓的“星期狗”“星期猫”是什么。许多宠物贩子会故意收本就生病的幼犬幼猫，在出售期间注射血清，让他们看起来健康活泼，主人开开心心地带回去马上就会病发。网上有许多声讨通州宠物产业链的帖子，所以，家庭繁殖和领养真的是最妥当的做法。

做民生新闻的朋友说，市场秩序的崩坏远超你的想象，任何一个行业都是如此。是啊，连贩卖儿童的人都有，猫猫狗狗的性命对他们来说又算什么呢？接触了这些，我们会更明白一些那些爱护猫犬的志愿者的心情，这和人类的慈善事业一样，没有人能救所有人，不做的人就不要冷眼指责去做的人。

我们带了 Mocca 回家，次日带去医院做全面检查，发现

有以下病症：鼻支，疱疹病毒感染，杯状病毒感染，舌头溃疡，发烧，猫癣，肺部有轻微炎症……我坐在医生面前大脑一片空白，呆呆看他被抱着抽血、打针、拍片，我没忍住就哭了出来。

虽然我们还没有建立真正的感情，虽然你只在我的床边睡了一个晚上，但我不能放弃你。拎着一大堆药回家的时候，我一直在问多多同学也是问自己，它不会死吧，我怕它会死，多多同学说不会的不会的，但其实我们谁也不知道。

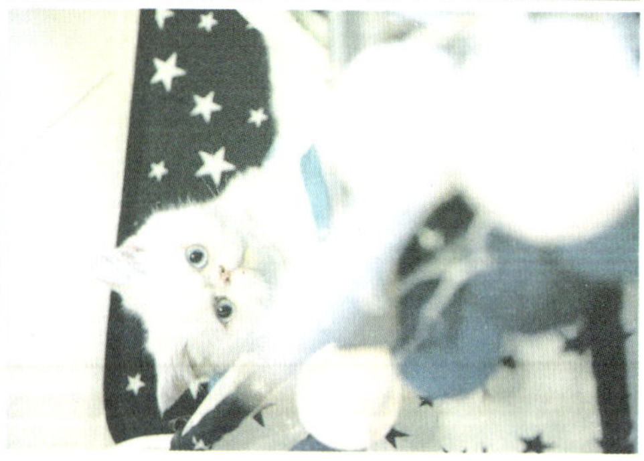

最初的两周，我们时时提心吊胆，我没有心思顾及其他，生怕他有一点风吹草动。多多同学更是从早到晚给他喂药、灌水、滴眼药、滴鼻液、擦拭眼部的分泌物、洗屁屁、清理猫癣处的皮屑，再喷药。

沙发旁边铺了一张垫子，Mocca 大部分时间就睡在上面，旁边开了小台灯，自从他打喷嚏、流鼻血之后加湿器就不间断地喷着水雾。多多同学就跪在它身边，一点一点给它清理这里、擦洗那里，一天的时间都好像是趴在地上过去的。

那两周的情形，现在想起来都已经变得模糊，每一天都以 Mocca 的吃药、吃饭、拉屎、撒尿来计算，还要隔三岔五去医院复查，继续开药，继续打针，过得浑浑噩噩。朋友们也时时关心，有的安慰我小动物虽然脆弱，但生命力往往比人顽强，要我放心，有的给我推荐一切靠谱的猫用品店，有的说不管最后怎么样，你们都尽力了，如果你们没有带它回家，它可能已经病死在了那个小笼子里。每次我们从医院回来，就会收到好多条问询，去医院了吗，看过了吗，医生怎么说，我就把看病的情况详细地说给关心着它的朋友们，在一遍遍的重复里，心里的压力好像也缓解了很多。

也许所谓的缘分就是这样吧，它注定要闯进我的生活里来，然后把固有的秩序搅得天翻地覆。

好不容易乱七八糟的病慢慢好起来，心想终于可以开始旷日持久的疫苗之旅，他忽然又毫无征兆地尿频尿血。为此我们又跑了好多次医院，因为尿频无法做 B 超判定是否结石，只能先对症治疗。好笑的是，它在医生的桌上尿了好几次血，竟然自己扯了卫生纸，还折了两

折垫在屁股下面再尿。

旧药换新药，吃了十天，终于痊愈。医生家里也有两只救助回来的小加菲，给我看了照片，特别喜欢。在医院里见到了许多康复中或病痛中的猫猫狗狗，每一个角落里的生命都有自己的故事。

2017年的2月14号，我和Mocca一起过生日，朋友特别送了我星巴克的摩卡兑换券。现在我渐渐不那么担心，只希望他开开心心、健健康康地在这个家里作威作福。

作为一只猫，Mocca打破了我对猫的固有认知，哪里有什么高冷聪慧，明明是真的蠢，又欠又蠢，总惹我们笑。

它总是滑着走，原因之一是地砖打滑，原因之二是目前后腿骨有些软，医生判定问题不大，反正我们也已经接受它是个十足的病秧子了。

因为脸太扁，所以它容易吃不到猫粮，吃不到会着急。但好在它很爱吃，不会放弃，吃饭狼吞虎咽呼哧呼哧的样子像狗。

对一切来到家里的姑娘撒娇，又是蹭又是舔又是摸，一动不动贴人家躺着，只要被抱在怀里，十秒内一定睡着，并且打出幸福的呼噜。

陌生男性它也不怕，会玩得很开心，非常友好。

它最喜欢的玩具是逗猫棒上的铃铛，用那个呼唤它屡试不爽，其次是 Latte 的提摩西草，一根小草可以玩上半个小时不厌烦。

它不怕打针，对医院没有阴影，爱吃药也是优点吧，什么药混进水里饭里都会被吃得干干净净，别人家猫不吃的化毛膏它都能吃得非常起劲。

它总想抢占 Latte 的别墅，但总被打，只要我们给 Latte 吃的就不开心，但也没什么办法，顶多抱着我们的拖鞋咬一下。被我录下了许多面对 Latte 怂怂的视频。可能它真的怕老鼠，连指头大小的玩具老鼠也怕得不行，这段视频我发到秒拍，居然上了热门，只想对它说，苟富贵，勿相忘。

它喜欢喝粥，喜欢酸奶，喜欢蜂蜜水，喜欢苹果，喜欢番茄，害怕蒜味和腌萝卜味。

它特别会示弱，知道自己干了坏事儿又跑不掉就原地摔倒，水汪汪的眼睛看着你，加之天生委屈脸，特别有逃避责罚的优势。

不知道一年又一年过去以后它还会不会那么黏人，至少它喜欢和我们在一起的现在，我们都很珍惜。

有一种说法，是养猫人会爱全天下的猫，大概是有道理的。

自从有了 Mocca，我们养成了随身携带猫粮的习惯，看到流浪猫扎堆的地方就会投喂一些猫粮或者零食。

它结识了小区里不怕人的街猫，夜跑路上相逢总会雀跃地玩在一起。

家猫有家猫的生活，流浪猫有流浪猫的生活，它们对人的需要是那么不一样，但又都同样成为了我们美好情感的寄托。

这些年，关于城市生态环境以及同情心究竟应该付诸何处的争执喋喋不休，可我想，就像朱天心在《猎人们》里写的，同情心不应当是需要被小心翼翼衡量的奢侈品，它应当是一种面对弱小时的本能。喜欢动物的人未必就是善良的人，但面对可怜的小动物却丝毫没有原始同情的人，一定不会对自己的同类善良。

至少，是这样的吧。

再学一门语言吧：和法语有关的冬天

近日以来，接二连三有朋友提起正在学日语，或打算学日语，当中有的是资深日剧迷，有的是一年要去日本旅行很多次、深觉只用英语和比画的不便的，也有打算辞掉工作去日本留学或者生活的，各有各的原因，各有各的年纪，从刚满二十，到跨过三十门槛，都在结束了一天的学业或者工作重压后，坐上很久的地铁，匆忙赶去学习这门陌生语言到深夜。

其实，这非常不容易，不说坚持下来，只说下定决心的那个瞬间，已经需要非常大的勇气。我们不得不承认，大学之后，学习新知的欲望和惯性像近海退潮一样迅速，长大成人似乎意味着安于现状，意味着变懒，意味着向未知世界妥协，躺在既有的冰山一角，等待冰山一点点融化。

我想很多人都会有很多个瞬间心有不甘吧，想去改变一下停滞不前的生活状态，想去再学会一些什么，想要在国外旅行时可以毫无障碍地点餐、聊天、融入，回顾人生中每一个可能发生改变的节点，无力又无可奈何。然而这个瞬间过去，更多人还是选择作罢，也许是惧怕改变，也许是对现在的自己没有信心。

我想起我心血来潮去学法语的那个冬天，我很难说法语对于我的人生来说拥有多么巨大的作用，但却可以肯定地说，我从没有后悔过那个孤独又忙碌的冬天。

那个冬天我大三，之前过了一段乱七八糟的日子，不太明朗，不太果决，坏心情拖拖拉拉，陷入自我怀疑。我用埋头看书的方式度过了那段沉在水里的封闭时光，迫切希望冲破水面，大口呼吸，想要脱离湿漉漉的泥沼，想要回到坚实的岸边。所以我认真地写起小说，编织故事，去上英文翻译课，同时对法国文学发生浓厚兴趣，有了学习法语的想法。

不一定有什么用，但肯定不是坏事，我就是想多做些什么，多到没有把目光投向自己的时间。有时候不得不承认，推人前行的往往是那些坏情绪和坏事情，就像在极度愤怒时不知道胆怯，在一无所有时不害怕失去，在最深的绝望里往往才最看得到希望，因为已经不知道还能怎么糟糕下去了。

就是在那么糟糕的一个冬天，我没有给自己犹豫的时间，报名了一个为期半个月的法语班，这边期末考试一结束，那边就开始每天起早贪黑地去上课。

室友一个接一个拉着行李箱回家，最后一个室友离开时在门上贴了很大的福字，我又把它倒了过来重新贴了一遍，红底黑字，好像确能够镇一镇呼啸的风声，起些佑护与避邪的好意。寝室的房间号是N1111，好像在唤自己的名字，“姚瑶，姚瑶。”只是不同的声调。

还记得在摇晃的火车上我给一个美国朋友解释我的名字，告诉他，有女字旁的姓氏都是中国最古老的姓氏，而“瑶”是玉石的意思。而后我拉出戴了15年的那块玉观音给他看，已经换过数根红绳，对他说，就是这个，这就是“瑶”的所指。

最为温润而暗含坚硬的石块，至坚者才是玉，而刚极易折，情深不寿，这是古老中国才会有的意象、才会有的情感，他点头说他懂得了。

室友们都说在北京留了一套30平米洛地飘窗的高层公寓给我，我说是呀，紧邻地铁线，靠近中关村，和国家图书馆肩并肩。

每天早上，闹钟都在六点钟准时响起，屋里一片昏暗，每一次的早起都是一场挣扎。寝室楼里的水房只有冷水，就匆匆用冷水洗漱，收拾好上课用的东西，去超市买早饭和午饭，那半个月里，711 的饭团几乎吃到腻。

六点五十，我要坐的那班车会准时停靠在学校对面的公交车站，是双层巴士，我刷了卡就冲上第二层，最前排的位置是每天清晨追车生活的小小乐趣所在。整面的车窗横陈眼前，有充足的空间可以松散地放一双腿，车窗像是一块电影屏幕，城市初醒的样子灰蒙蒙地掠过，那种毫无依凭的移动感让人上瘾。

我要上课的地方，只有这样一路车缓慢地兜着圈子。若是到得稍早，我站在狭长车站给一拨又一拨赶车的乘客让路，手紧紧地插在口袋里，天色在等车的过程中渐渐亮起，坐在公交车上背单词，这就是一天开始的时候。有时候一路只能背下来几个单词，因为词性分阴阳，和不同的主语及动词搭配，会有不同的变位，我要背下同一个单词的十几种形态，是和英语学习截然不同的经验。

课堂里有高中生，也有上班族，有法语专业的学生，也有为了和法国姑娘谈恋爱所以苦学法语的年轻男孩，还有和我一样，出于单纯的兴趣，想看看自己还能做些什么。大家聚在一起度过一整天，像回到小时候，笨拙地学习发音，学唱简单的歌曲，做游戏，听写，被老师打分，也渐渐地看了许多法语电影，并喜欢上了《钟楼怪人》的歌剧。

在这个新鲜的课堂上，我左手边的同桌是个刚刚念大一的小男生，家里几代人都是考古专家，常常跟我讲小时候外公带他跳古墓的段子。右手边的同桌是昆明来的姑娘，我们成了很好的朋友，一起吃饭一起打发课余时间，到现在依然还是远远的朋友。后桌的女孩我叫她大妞，是清华美院的学生，偶然间发现我在民大她在国图，竟然无比顺路，所以开始搭伴坐车回家。有一天两个人心情都不好，就跑去车站旁边的 KTV 疯疯癫癫唱了好几个小时。

那栋楼里还充斥着各种各样的课外班，在三层的走廊里看学习少儿英语的孩子们贴在墙上的作业，各种各样手绘的恐龙和说明文，装饰得很漂亮。大妞问我你说如果教作文到底应该怎么教呢，总觉得没有办法去学啊。我说，也许就像你绘出的那些油画一样，最好的方法是在心与生活之间建立连接。比如这样的早晨，应该让他们在街边晒着太阳观察面前的每一个行人，观察整个城市从睡眼蒙眬中醒过来的过程，生活的气味能融入到最微小的毛细血管中。那样的文字，便有了生命，那也是从小应有的对待生活的修为。

我原本以为会很枯燥的十五天，竟然比预想的要有趣，有时觉得自己是那种很狼狈的人，自己排的队伍一定走得最慢，自己想买的东西一定缺货，别人都没问题的事情到我这里一定出问题，但有时候又觉得自己非常幸运，这种幸运不是被生活或他人莫名善待，而是我总能遇到一些可以一起疯闹、不太按理出牌的怪家伙。

但还是有孤独的时候，我会傻乎乎地在回来的公交车上小声一遍遍哼唱新学会的法语版生日快乐歌，虽然并不是任何人的生日，只是因为在回到学校之后的时间，除了一遍遍练习发音、背单词、背对话之外，我将陷入完全的无声之中。

如果你一小时一小时不说话，那么你就可以习惯整个下午都沉默，从而习惯整天在一个真空的空间里活动。比如吃饭、洗澡、喝水、阅读、画画，打开电脑在某个诡异的网站上下载古老的影印本书籍。

也有说话的时候，就是给爸妈打电话，深深觉得自己被牵挂着，就总想贪婪地多享受几分钟这种牵挂，好抵御十二点寝室楼熄灯的瞬间，黑得如此彻底的绝望。

也是在那个法语班，我忽然接到了《萌芽》编辑的电话，通知我小说稿被录用。我挂掉电话在楼梯转角呆立了很久，我想最寒冷的冬天，是不是真的要过去了？

回头想想那段时间，也许有些自虐，可虐得很痛快，结果也很淋漓。我开始持续地写作小说，我学会了一门新的语言，我独自生活了一段时间，我认识了新的朋友，我开始变得开朗起来，我开始愿意去想有关未来的事情，在自我的摧毁重建后，我得到的远比失去的要多得多。

后来我也没有太多需要用到法语的地方，顶多旅行时可以同人寒暄两句，在法餐厅点餐时大概猜得准食物，听到喜欢的法语歌可以很快学会，可对我来说最重要的，是决定学习法语这件事情，是那个冬天里我经历过的一切。

没有任何节点会在手心的生命线上单独存在，它们出现，就会与其他的节点产生连接。命运本身很奇妙，我格外信任吸引力法则，只有强烈的愿望才能得到你渴望的回应。

当朋友们开始纷纷行动起来去学习日语时，我又翻出了我的法语课本，每天背一点单词，每天看一些阅读，我并不想在英语翻译之余又成为法语翻译，哪怕心有余也只恐力不足。我只是想，当我还能付出一点精力与时间去吸收些什么时，至少证明，我还是有颗少年的心，我还没有成为抱怨自己不再有新的可能的成年人。

一岁纪里的仪式感

写一份年终总结：

每年生日这一天，我都会做一次一岁总结，计算这一岁里读过的书、看过的电影、走过的风景、伴过的朋友，以及工作或生活上的一点收获，再用文字为数字做解，为喜欢的书和片子写简短的推荐，挑选满意的旅行照片，拼贴一些与朋友们的合照，也为特别的大事件划重点，就像是亲手制作一块名为光阴的压缩饼干，是充满仪式感的一件事。

我觉得仪式感并不是贬义词，给自己一个片刻的仪式感，也并没有什么不好。

这种仪式感就像是写完了一本新书时的最后一次校对，带着颇为郑重的心情拿出最喜欢的杯子冲一杯最喜欢的咖啡，一口一口喝下浓郁，一点一点回溯言词，最终深吸一口气，把成品打包发送。

站在旧的结束与新的开始之间，无论是完成一本书等待开启下一本，还是度过了旧年伸手迎接新岁，一个郑重的总结，都像是对自己一路走来的慰劳，也是对无尽前路的鼓舞。

毕竟人生泄气的时候多，打鸡血的时候少，这样的一份无关一年干出了多少成绩、赚了多少真金白银的总结，总让我觉得鸡零狗碎的生活中还有一种切实的快乐感，或者说成就感。成就来自我拎出了这些短暂的快感，把它们凑在了一起。

很多时候，成就感其实并不来自于银行卡上不断增长的数字，因为赚钱讨生活是每个人都必须要做的事情，无论是否情愿是否擅长、结果是否公平，它更像是我们每个人脚下的大地，是人生地基一样的存在，而成就感却来自于遥远星空，我们用望远镜为自己找到的那个小小星系，才是最值得我们为自己记上一笔的存在。

对我来说，这个小小星系里的星星并不复杂，就是我喜欢的那些事物，比如2016年的总结里，我读了56本书，看了122部电影，有了第一次自驾旅行，跑了一次半程马拉松，出版了译作《绿山墙的安妮》，和多多同学一起为两个人的摄影工作室而努力，在手账方面掌握了新的手账管理方法。

平常我总觉得自己是个懒汉，大部分日子

都是毫无意义径自白白流淌掉的，时常悔恨，但从不振作，可每当一岁过去，我认认真真写下这份总结，才发现，我已经很好地利用了属于自己的时间，我没有自己以为的那么差劲，我有很多收获，并不是自怨自艾的那样虚掷光阴，我做了很多让自己高兴的事情，它们同时又并非毫无意义。

但意义只是个附加值，我并不是觉得看书或看电影有意义才去看。

该怎么说呢？看书对我来说同别人看美剧、看日剧是一样的，唯一的目的就是消遣、愉悦自己，甚至逃避现实，纯粹是出于喜欢。不写东西的时候，我基本都在看书，用或美好或粗粝的语言与故事来填充时间的缝隙，再轻松不过。

是了，是因为觉得轻松，才看书。夏天适合趴在床上看日本小说来消夏，冬天适合看厚重的大部头打发漫漫冬夜，春天看得杂些，自然、科普、人文种种，秋天嘛，就带着喜欢的书去旅行，飞机或高铁还有陌生酒店，都是看书的好地方。

书就像是一个奇妙的随身空间，随时随地打开，我就能够进入到那个独立的世界中去。看到惊艳的作品我会激动很久，看到一些特别的小细节会突然撞击出自己的写作欲望从而飞快记录下来，喜欢的句子就涂抹下来随手分享。毫无疑问，写作的人要多看书，就像医生要多看病例，律师要多看案例，摄影师

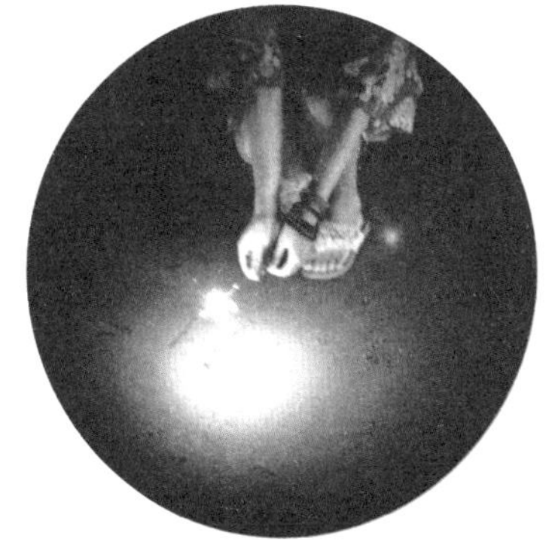

30
Worcester
Boulevard

要多看作品，任何一种职业都要不断增长阅历，那些看在眼里、记在心里的东西总是默默酝酿成了养分。

看电影也是一样，我不是很喜欢看剧，但非常喜欢电影。或者是个好故事，或者是个独特的叙述结构，或者是厉害的镜头语言，或者是有所思有所乐有所治愈有所致郁，都能让我满足地结束一个夜晚。

有一年冬天我起得很早，每天七点钟爬起来吃早饭，同时看一部电影，昏暗而寂静的冬日早晨搭配更加寂静的冬日电影，感觉自己像一块被封印的化石。看完电影也不过早上九十点钟，我开始着手写作或者翻译，有时想要犒劳自己，就去超市买食材一个人漂漂亮亮摆一堆盘子煮火锅，火锅冒出来的水汽朦朦胧胧地吞云吐雾在玻璃窗上，透过来的午后阳光也变得格外温柔。

后来我又恢复了晚睡晚起的习惯，晚上和多多同学处理完各自手头的工作，就瘫在沙发上看电影。他总喜欢边看边同我讨论，我却总让他闭嘴，在彼此嫌弃中看完电影喝完咖啡蒙头大睡。

可能是我少年时代有过很强烈的想要成为电影导演的愿望吧，却没有为这个愿望真的去做过些什么，所以说不上有遗憾，只是保留了这份热爱。

书和电影是不同的，文字与镜头是两套语言，有些表达是文字做不到的，有些则是镜头做不到的，而这两种语言都是我所喜欢的，是日常生活中最能够带给我喜悦的部分，是生存之外属于生活乐趣的那一部分。

旅行也是，在柬埔寨的夜晚喝大酒的时候，我说过“人生就是要拿时刻努力工作换一刻醉生梦死”这样的大话，却也是真心话。

通常我每年都会去旅行两次，2015年数下来，竟然去了四次之多，从济州岛，到皖南，再到暹粒，最后是南半球的长白云之乡。下半年的密集出行让我忽然发觉原来旅行也会让人疲倦，走得远虽然痛快，可想家也是不假，于是便狠狠在家宅了许久不愿出门。

所以读书也好，行路也好，都不是任务，是纯粹因为高兴所以会去做的事情，不高兴就不要做，世上有万般事，总有一样能把生活这件袍子给撑起来。

所以每年的总结里，我也都希望能够找到一些新鲜事，比如开始跑马拉松，开始做摄影师，坚持写了一整年的手账，把丢下的吉他课捡起来，就像解锁游戏关卡一样去达成这些小小的成就。

读书的时候要给老师写学年总结，上班以后要给领导交工作总结，那些给别人看的总结，总结的也并非与自己真正相关的东西，写得不开心，写出来也不觉得是件多么郑重的事情。

一岁纪是写给自己看的，是一点一滴陪自己翻开旧时光，找出一桩一件的往事，再和自己一点点分辨，这是重要的，这是不重要的，这是觉得骄傲的，这又是觉得惭愧的。毕竟，时光就那么过去了，总让人有些舍不得，总要一再回头去翻看，才不过分流连到不肯放手。

有时把一年一年的总结摆在一起，能看出时间在自己身上的缓慢作用，每年我都留下一组十二个月份的照片各一张，那时候是长发，那时候是短发，那时候长那样，那时候又长另外的样子，虽然有些残酷，因为终究有慢慢老去的那一天，可我留下过自己每一个时候的样子，并不遗憾。

花了三百多天过一年，花两三天的时间整理这一年来的得失，我很懒散，却不想虚度时光，我很粗心，却也有好多好多的事情想去认真完成，我常常为时间感到焦虑，却每每在写完一岁总结的那一刻用力给自己鼓掌，原来我从不曾辜负时光，辜负自己。

渐渐地，我变成了一个没有愿望的人，几乎不再谈论我希望、我想要、我一定，因为愿望多半落空，还不如闷头前行，想到的事情就去做，想念的人就去见，想看的风景就去看，思前想后不如往前一步，再回头看自己冲过的道阻，往往尽是惊喜。

辛辛苦苦的一年走完，用一份总结郑重地告诉自己，你看，你做了很多事，是满满当当的一年，那些看不见的收获往往是最重要的收获，你因此可以过一个富足而无愧的新年。

我不想做一个写不出这份总结的人，那代表着这一整年我都没能好好哄自己开心。

亲手布置一间房：我喜欢的才是家

我常会想起两年前的春天，我和多多同学坐在空荡荡的房子里，开始思索如何把它变成一个有模有样的家。

深知道要填充一个家的麻烦琐碎，而我则选择了更困难的方式，就是一切自己动手，大到每一件家具，小到每一样摆设，从位置到颜色，都要自己挑选自己决定，虽然困难，但容易的事情往往也容易无聊，而困难的那条路，却会走得有意思许多。

那些容易的日子在岁月蹉跎后总会被轻而易举地忘掉，但折腾的动荡的忙得喘不上气的日子，却总是最容易被想起。所谓记忆，就是值得被一再回忆的才能被一直记住。

就像我们和新房共同努力的那个夏天。

其实我之前住的小房子，虽然不是属于自己的，也格外认真地布置过。觉得长长的客厅不好好利用实在浪费，于是从宜家买了一人高的四方形组合柜，两边摆上书和旅行途中带回来的各种小东西，完美在客厅里隔断出一个靠窗的小角落，摆上圆形的小茶几，配上两把好看的白色木质椅子，朋友来的时候就坐在这里喝咖啡聊天，一个人的时候也可以躲在这里开了落地灯看书做手账，就像悬浮在水晶球里的一颗星，是光亮的所在。

我也买了很多的墙贴，在沙发背上贴出了一面照片墙，在电视后面贴出了背景墙，咖啡角也没有落下，也时不时给白色的书桌调整位置，有时对着窗，有时背靠墙。我很喜欢那个客厅，朋友们每每来了也总喜欢在各个角落里拍照。

我并不专业，不懂得怎样的设计是高效的、合理的、流行的，我只懂得自己喜欢怎样的阳光怎样的自在舒服。

而新房，地砖和木地板都很合意，落地门窗也都是小区物业统一规范的样子，原本的水电也都很好，所以不用大动干戈，只需要在软装上下足功夫。

坐在落地窗前，我想了一会儿，对多多同学说，家的主题就叫童话小木屋吧，我要把客厅、书房和卧室都贴出一面仿木纹的墙纸来。多多同学犹疑，你拍脑门好办，可你确定有这样的墙纸吗？于是我就盘腿坐在地上开始上网搜索起来，竟然真的有仿木板的墙纸。

我要木质，我要蓝绿色为主，我想充分利用墙上的空间，我要有一整面墙的书柜，我要有很大很大的书房，于是决定把主卧拿来做书房，次卧做卧室，毕竟一天里我得在卧室的时间应该最少。

确定了方向之后，就开始了漫长的家居城通关之旅，有半个月的时间，我们每天都要去家居城转上一整天，整个北京城的家居市场在心里几乎画出了明晰的地图来。那些从来不曾去过的地图边角，竟然在十多天的时间里，被我们从南到北顶着烈日跑了个遍。

一点一点测量房间的数据，一件一件家具去对应，去筛选，去排除，去预订，去等待。也算是旷日持久，耗费心神。

等待的时间里，我们又去了很多次宜家，多到彻底吃腻了宜家餐厅的任何一种食物。原本只是想参考一下房间布局，采购一些用具类的小物件，却意外发现新品里出现了原木的松木斗柜，虽然不是多么好的木头，但样子、大小都非常合意，并且最重要的是，我们可以自己给它上色。

这样原木色的柜子有三种尺寸，有宽大的，也有瘦长的，还有矮小的，我们每样一个带回家来，还同时带回了蓝绿白三种颜色的水漆。

多多同学蹲在地上拼装柜子，我就坐在一边放音乐，同他聊天。组装好之后我们又一起调配水漆，最大的刷成了绿色的渐变，放在阳台储物用，瘦长的刷成蓝色的渐变，放在我的书桌边盛放各种手账工具，纸、笔、本子、打印机，种种小物件都存放其中，最小的那只三层斗柜则保留了原木色，放在了卧室里。卧室的小斗柜上方钉了猫头鹰主题的一双木质挂钩，挂些帽子和包包，背靠木质纹理的壁纸，看起来舒服到骨头里。

做了粉刷匠之后，又要继续做花匠，我并不会养花，曾想过养一盆薄荷来泡水喝，结果三天偃旗息鼓。我也并不喜欢鲜花，反而喜欢皱巴巴的干花，还有枯树叶、松果、橡果、浆果之类的摆设，于是从

网上买来成捆成捆大批干花，用喜欢的器物搭配着装起来，分散在房间的各个角落。

后来我又买了许多好看的布料，央求了父母帮忙，缝制出大小不一的桌旗和餐垫、杯垫，覆在餐桌、茶几和隔断上，搭配上不同的杯子、餐具，特别没有必要，又特别重要。

作为摄影师搭档，我们的照片可谓无处不在，蓝色的布艺沙发背后是一大面的照片墙，都是从宜家买来的最简单的相框，把我们两个人过往拍过的照片大大小小全都洗了出来，一张张塞进相框，一个个粘在墙上。还有拍立得，还有手机相片打印机打出来的照片，都在我拉起的小小的粗麻绳上，一张张地夹起来，挂在墙上，晃晃悠悠地在阳光照顾最多的地方，一张张亮出朋友们的笑脸来，有时候驻足去看，惊诧时间一年一年无情过去，却又年复一年多情留下了这些面孔。

窗边我放了绿草地一样的地毯，地毯上安置了多多同学从前送我的龙猫玩偶，还站着高高的木质麋鹿茶几，也是我和多多同学一片一片拼凑起来的，上面放着很多收到过的礼物，永生花、手办，好多好多。

都是回忆啊，属于过去，都是我们啊，属于现在，还有未来不知多少年的岁月，我们都要在这个房间里安静度过，春日看花，夏日听雷，秋日有雨，冬日落雪，风也有时，光也有时，或冷或热，或好或坏，那都是将要到来的将来啊。

用了三个月的时间，我们一点一点把这个房间变成了我们喜欢的样子，用朋友的话来说，就是房间里的每一个角落，看起来都像是属

于你们的，这大概就是家了。

家太重要了，和世界之大比起来，不大的家却是全部，是外面岁月动荡可以躲回来的地方，是关上门就占山为王的地方，甚至是唯一真正属于自己的地方，所以它必须是我喜欢的地方。

虽然繁杂，虽然外行，虽然笨拙摸索，虽然还有很多不尽如人意的地方要一点点去改变，比如最近我又想添置一个亚克力的小浴缸，想要在疲累一天之后闭着眼睛让热水来修复自己的一尺一寸。书柜渐渐盛满，又琢磨着添置新成员，还想着再做出一面照片墙来。

人生哪有什么满足的时候呢？可是满足自己的方式也并没有那么困难，哪怕只有一间房，也要把它亲手变成自己喜欢的样子，才在泱泱大城里，有了一处可以称之为家的地方。

这其中的乐趣和深情，都要动过手之后，才知道。

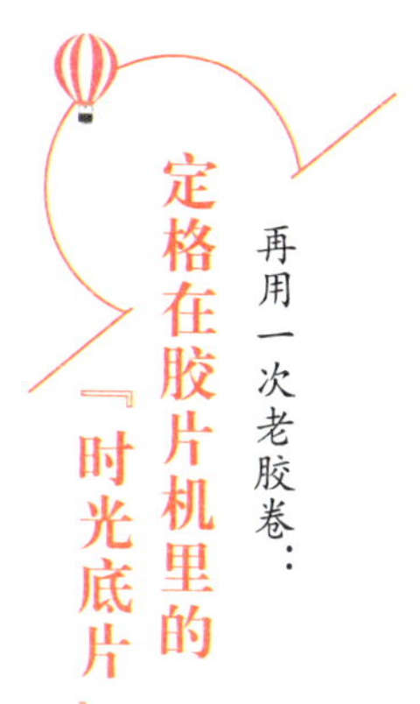

再用一次老胶卷：定格在胶片机里的『时光底片』

每一次我对着电脑整理照片时，都会感到西西弗斯似的绝望，无论是客片还是自己的日常或旅行照，总是永远也整理不清楚。

拍照变得异常方便的今天，照片在回忆某段时光上的作用却并没有得到同步的提升。

相册曾经是每个家庭最普遍也最重要的收藏，总在亲朋聚会时被搬出来，一页一页翻看，这是那谁小时候，这是那谁去出差，这是那年那月，这是当时当日，从黑白到手工上色再到真正的彩色照片，那些被反复述说的回忆，讲的人与听的人都从不觉厌烦。

那会儿也从不觉得拍一卷柯达或乐凯的胶卷是个多么有技术含量的活计，大街小巷的冲印店是那么日常，通常都是爸爸们充当家庭摄影师，拍完的胶卷就近冲洗，等上一个多星期，就能拿回照片来一遍遍翻看。

那样的时光随着数码相机的出现而消失了。

机器流水线替代了手工，吃穿用度变得方便快捷，“快”成了首要的需求，与生活息息相关的技术在这样的需求下飞速进步，胶片也是在这样的需求下被数码取代了。我们再也不需要付诸耐心去等待最后成片的惊喜，几乎在按下快门的同时就能看到被定格下的光影，存留还是删除，重拍还是微调，反正存储空间无边无际，只管拍得尽兴。

于是手工反而成了奢侈品，一切标明手工生产的物品都有十足的底气坐地起价。胶片相机与曾经非常大众品牌的胶卷纷纷停产，二手甚至是 N 手的老旧器材也因情怀而被重新标价。

其实多多同学很早就把家里搁置起来的胶片单反找了出来，是一台珠江 S-201，机械手动单反，没有任何电力需求，竟然还有不用插电的“电器”，对于少见多怪的我来说简直太神奇了。

这台珠江来自三十多年前，多多同学的外公曾带着它去过上个世纪的伊拉克，当然它也拍下过光屁股时期的多多同学，而今外公离开整整二十年，留下相机与褪色的旧照。

相机最初拿来的时候，也只不过是换了个地方继续搁置，真正将拍胶卷的想法化作行动，是因为在摄影这条路上走得越久，就越是对数码相片颜色之间的晕染无法忍耐。

色彩是光的产物，数码相机的色彩不是记录而是模拟，所以数码相片里的颜色不过是经过了不同排列组合的 1 和 0，常常在绿色背景里就把人拍出一脸绿，放大来看惨不忍睹。就像恶性肿瘤一样，色块之间边界模糊，暧昧不清，看久了会令人烦躁。我的说法当然并不那么权威科学，除此之外，因为喜欢胶片的色彩质感，修片的时候也是刻意去模拟胶片色。久而久之，就和多多同学相互质问对方，为什么不拍胶片。于是就买了最常规的富士 C200 胶卷来练手。

我们也不知道这台老珠江是否还能继续服役，相机本身不能测光，只能凭感觉对照网上的曝光法则来拍，算是盲拍吧。冬天回故乡的时候拍掉了一卷，非常忐忑地冲洗出来，果然有半卷都过曝或者欠曝，但留下的几张却充满惊喜。

该怎样去形容那些色彩温暖到能够烫伤眼睛的胶片色呢？那就是照片该有的颜色，是用 PS 修片时最想要却做不到的颜色。说不清为什么，总觉得胶片的颜色天然带着旧旧的伤感，像是盛在玻璃瓶里的静水，一动不动凝固住虚无缥缈的光线。快捷数码所无法定格的时光，却可以真真实实凝固在黑漆漆的底片上，完成一张真正的时光底片。

我喜欢那些有着凝固力的照片，而胶片恰好可以做到，于是我决定正式入手一台可以测光、成色更新一些的胶片单反，我想将往后的日常扫街都托付给这台即将到来的N手机器。

就这样在网上买了Pentax superprogram，镜头是50-1.4。我不知道这部Pentax曾在谁的手中，拍过怎样的风景，按下多少次快门，也不知旧主人在或不在。每台老相机都有一段沉默的故事，都陪伴过一双沉默的眼睛。

当然，二手相机自然也是有风险的，比如，第一次带出街，恰好是为同我们学摄影基础的同学做简单的摄影教学体验课，在胡同里，多多同学负责教课，我就负责在一旁开心地举着我的新宠拍拍拍，还给学摄影的姑娘汉子们都各拍了一张胶片作为纪念。

当时就偶尔发生快门帘闭合问题，这还是小毛病，可怕的是带去江西时，第一卷胶卷无论如何也拍不到头，在回卷时完全感受不到任何反作用力，打开后盖，发现胶卷早就在不知什么时候缩了回去。再装上新胶卷，拍摄正常，但计数并未归零。于是我回到北京后第一时间返修，折腾了几个来回，也没什么切实的毛病，之后我们上胶卷都会更小心一些。

好在第二卷没有出问题，冲扫出来依旧非常喜欢。现在我们再为客人拍照时，除了赠送一张拍立得作为留念，也会再另外拍摄三张胶片写真。希望把自己喜欢的分享出去，希望别人也能够喜欢。

不管怎么说，即使是一样的风景、一样的相机、一样的胶卷、一样的参数，我们定格下的那一瞬时光也一定是不一样的。

当你举起相机，镜头会告诉你，世界其实真的是独属于你一个人的。

用胶片机拍照本身就意味着你已经接受了它对时光的沉淀准则，因为底片有限，每一张都更慎重、更能弄清我到底想留下怎样的画面，慢吞吞拍完一卷，再遥遥地送出去冲印，偶尔从拍摄到拿到成片间隔上三五个月也是正常。

也正因如此，画面里的一切早已尘埃落定，翻看起来，才格外温柔。

毕竟认真存留下来的，都是那些闪着美好光亮的片段。

比如最近冲洗出来的一卷照片里，有一张是深夜里的白色花朵，我记得是从咖啡厅写稿回来，大约是凌晨一点，十月的小区里，看到这白色花朵在路边孤零零地开着，就让多多同学用手机打了个光，拍了下来，居然没有欠曝，居然真的清楚拍了下来，而我真的已经忘掉这惊艳的邂逅。就好像是夏天偷偷留下了什么信物，要我们知道，它还会回来，还会把消失的绿色还回来。

记忆远没有我们以为的那么牢靠，很多闪烁微光的瞬息，如果不是再看到当时的照片，恐怕就会永远在幽暗处，不再被想起。并不是忘记了，只是不会主动去想起，比如路边的叶子，比如夜晚的花朵，比如有光的水面，比如自己某个瞬间做过的某件事情。

看照片就像看曾经的日记一样，有很多尴尬，也有很多惊喜，每一次翻相册的时候，都觉得时光这个玻璃瓶中无论盛放的是花朵还是虫豸，都是好时光，真的。

而好时光，越是缱绻，也就越是伤感。所以我在豆瓣建了一个胶

片摄影的相册，我叫它“胶片是伤感的”——因为缓慢而显得伤感，因为流逝而显得伤感，因为破损、褪色、挽留不住而显得伤感，总之，能够让人伤感的，一定不是此刻被拥有且光彩照人的，一定是除了怀念之外我们束手无策的。

只是人生除了高歌猛进，总还在无所事事的缝隙里需要一点这样的伤感，我很庆幸我学会了使用那个不需要电力的老相机，在一帧一帧的胶片里，留下四季留下光阴。

我像新人爱旧城

发现属于你的一座城：

2007年的初秋，我来到北京，读书，工作，生活，不知不觉间建立起与这座庞大城市的各种联结，说不上多紧密，但也无法一刀斩断。时间一年一年相似又不同地过去，我并没有觉得有什么不妥。直到四年前的一次大扫除，我翻出了刚来北京时在火车站买下的北京地图，上面用各种颜色的笔圈出了许多地名，有些是景点，有些是博物馆，有些只是某一条路，像打开了一个封闭已久的洞口，迎面呼啦啦地涌进来好多回忆。

那些没有课的日子，我就兴致勃勃找一个目的地，或者一个人，或者和朋友一起，或者坐漫长的公交，或者骑车，去一个个打卡地图上那些符号。可是，多年之后，我在休息时间，却宁愿在沙发上睡一整天，去附近喜欢的餐厅吃一顿饭，在咖啡厅坐上一下午写稿，也懒得再出门去了。我想了很久，终于明白，北京于我，不再是新鲜的陌生人了。

我对这座城市越来越熟悉，这种习以为常的熟悉，反而是某种陌生与疏离的开始，同人与人的感情一样，久而久之，不再好奇，不再愿意站在远处观望，不再具有耐心，就像我曾抗拒过的搭伴过一辈子的婚姻，我怕亲密无间反而离间了深情。以后，我还要在北京生活很久，很久，于是那一天，我悉心折好那张卷起了毛边的旧地图，扭头看到窗外秋日晴空，我突然很强烈地想要重新认识这座古老的城市。

也许你不在北京，也许你从未离开过自己的城市，也许你和我一样，总想看一看别人的城市，去往世界的他方，而忘了多看一眼我们生活的地方，我们其实，还没有真正明白它的语言，看懂它的表情。

从那一天开始，我总会在工作的间隙，找一天，找一个地方，去好好地走一走、看一看、拍一拍照，也会去探店，那些好看好玩有意思的店铺，大多深藏在胡同里，连招牌也不屑挂上，推开门却是热闹的又一洞天。

为了监督自己，我在自己疏于更新的公众号上开了一个“这里是北京”的专栏。为什么说要监督呢，明明是做起来很高兴的一件事？因为懒惰啊，因为大量的精力都积攒给了远方，眼前就像过日子，我们都想过好，却并不那么容易，总不小心就敷衍了事。

于是我很认真地开始重新爱上北京这件事，我写过东交民巷，写过五道营胡同，写过杨梅竹斜街，写过方家胡同，写过旧鼓楼大街，写过段祺瑞府，这些不太寻常的市井巷陌，我一条路一条路地走下来，在心里连起了属于自己的一张北京地图，也有了自己特别熟悉的老地方。

东四是一个，一条走到九条，我可以揣着胶片机扫街一下午，哪里有书店，哪里有好吃的餐厅，胡同深处哪里有一口好喝的咖啡，闭上眼睛就都能一个一个从地图上跳出来的地方。后来我像上了瘾一般，心情特别好的时候，心情特别不好的时候，都只想去东四大街上走一走，去藏在胡同里的四合小院里吃一碗最地道的越南粉，再去临街的咖啡馆看着窗外人来人往，喝一杯拿铁听风过树梢的耳语，去买一块最喜欢的榴梿重芝士带走，东四大街走到头，过了张自忠路的

十字路口，跑进段祺瑞府里和流浪猫说话。

一成不变的老店，八九十年代的样子，这一条街走完了我很多很多的心事。

还有一个地方，是北京植物园，从念大学开始直到现在，我每年不知要去多少次，每一条路都认得，每一个季节都熟悉，虽然并不能够认得每个季节开出的娇艳花朵，但总看见，也好像彼此都熟透了一般。

其实我并不是专为看植物而去植物园，也不像很多摄影师专为拍花朵苦苦守候樱桃沟的烟雾，我每一次去植物园，都是因为顺便去卧佛寺。从植物园南门进去，一条长长的直路通往卧佛寺，出来之后就总会在植物园里走一走，有时候我拍植物，有时候多多同学拍我，有时候就只是散散步、说说话，在湖边小坐小酌，顺便着顺便着，就顺便成了一种根深蒂固的习惯。

北京有这么多的寺庙壁画造像可以看，为什么我总要去卧佛寺呢？我答不上。虽然不能靠近，可我在被隔开的殿外看到横躺着的那尊大佛，他的姿态和神情都很缱绻，像流水一样，幻化成怎样的形状都可以，自在又温柔。每隔一两个月，我就总想去看看他躺在那里的样子，有时去得早，香炉还没有封，白色的烟雾，红色的烛火，新年的积雪，春天的新芽，夏日的阳光，秋天的落叶，总让人欢喜。

还在读书的时候，我突然想去，就早早起床，在中关村南大街坐563，一直坐到植物园，因为早，离总站也不远，所以都有位置。晃晃悠悠一圈下来，差不多中午可以回到学校。大多数时候我都是自己去，听一路喜欢的音乐，偶尔也和朋友一起去。

我很珍惜可以自己做一些事情的时候，自己去旅行，去书店，去吃饭，去看电影，去一站一站坐公交，这些时刻很重要。我需要一些时间来同自己相处，来与自己和解，来确定自己的存在。

就像有些人惧怕婚姻，并不是怕与另一个人互相亏欠，而是怕失去自我。单身也好，两个人生活也好，保持自身的独立性，给予彼此独处的空间，可能才是最重要的。要先做好完整的两个人，才能一起做好一件有趣的事。很多时候，我们所遇到的问题，并不能在另一个人身上寻找解药，只能自己与自己解决。

春花开的时候，从连翘开始，樱花，桃花，梅花，梨花，开得一树一树，搭上背景的蓝天，最是一年春好处。我有时会想，这些盛开的树木，虽然花期过后，明年还会开出一样繁盛好看的花朵来，可那些花朵，或许已经是全新的生命了吧，它们或许，并不是此刻慢慢开始掉落的这些花朵。这大概也是一期一会吧。

植物有植物的世界，人也有人的世界，每一季的花不同，身边的人也会不同，凡是活物，因缘际会，都说不准。哪怕是一朵花，也许都应该好好打招呼，好好道别。

有个朋友对我说，相信因缘这件事的人，总会遇到命中注定的一座古寺吧，走进去就知道是这里，我想对我来说，就是卧佛寺了吧。

说这句话的朋友，就是总和我一起去探店的朋友，我们用吃吃喝喝的方式饕餮出了一张不太一样的北京地图，于是冷冰冰的四九城里多了喝酒吃肉的烟火气。

少年时代，我们怎么交朋友呢？喜欢同一句歌词，喜欢同一部动漫，喜欢同一本书，传纸条写信坐在体育场边的看台上聊天，聊的大概都是各自的梦想、未来，小小年纪总装作少年老成的样子，分外着迷“人生啊”“大人啊”“爱情啊”这种话题，可也就是在那样的年纪，才会想那样一些事情，长大了，反而不想了。

长大以后的我们，再也不会一起喝酒的时候哭着摔掉酒瓶说“老娘不信这道坎过不去了”，不会再问彼此“有没有想过十年以后我们会在哪里做些什么”。忙于各自生活的我们，现在最想做的事情，就是能好好约上一顿饭，不聊人生，只聊好吃或者不好吃。

因为长大以后才明白，只有小孩子才会说出“看透了”这种话，成年人永远都走不出迷茫。

我和这个朋友的第一次见面，约在“花生咖啡”。

花生咖啡就在段祺瑞府内，朱门高墙，内里森森然都是民国建筑，虽然有些楼都已经像筒子楼一般作为民用，一条昏暗逼仄的长长内走廊串联起几

大米
厨房

十户人家，过道里堆满杂物和厨房用具，主楼破败不堪，最近才开始修葺，但门卫还是非常严格，进去总要盘问一番。

我要了招牌的花生咖啡，奶咖的浓郁配上花生碎的香气，热热地喝下去，一切都能够治愈。朋友喝的百利甜牛奶。喝完我们就坐车去MOMA看了王全安的《团圆》，因为同一个镜头掉了眼泪，一起走了一段风中的夜路，那是2014年3月初的北京。

花生咖啡可以静坐发呆一下午，喝完咖啡还可以在段府老楼间走一走，长长的拱廊、夕阳的样子，很容易让人忘掉围墙之外，时间早已一往无前。在我写下这些回忆的时候，花生咖啡已经从段府搬走，我很舍不得这个老地方，如同老朋友。

有时候我想，难怪成年人会厌倦，会嘲笑小孩子闪闪发亮的梦想和大话，因为每一个日子都太过相似了，每一天的开始与结束，每一次季节的更迭回环。其实生活好像并不是线形的，而是圆形的，所以，终究会厌倦吧。

我和这个朋友去亮马桥吃过印度菜，去三里屯吃过日式甜品，去什刹海吃过贵州酸汤鱼，去兵马司胡同吃过小火锅……现在的我们，依然还有各自想要去做的事情，还有许多不愿说出口的未完成，还能聊着哪里开了一家好吃的店，聊着我想开火锅店你想在四合院开个小咖啡馆，聊着这样一些虚无缥缈，但也有美好形状的事物，至少证明，我们还没有变成那个终于厌倦并放弃抵抗的大人。

现在的我们不聊人生，但一碗热汤一杯冷酒，吞下去的，又都是各自一言难尽的人生啊。

北京很大，很多地方去过一次就不会去第二次，就像有些人，有惊艳的一面之缘，再见之后也就没有再见。

能一去再去的地方，能一见再见的人，能无限回购的物件，都是真爱吧。而我的愿望很简单，只希望无论多少年过去，我仍然能够像一个新人，深爱这座有着许多老地方的旧城。

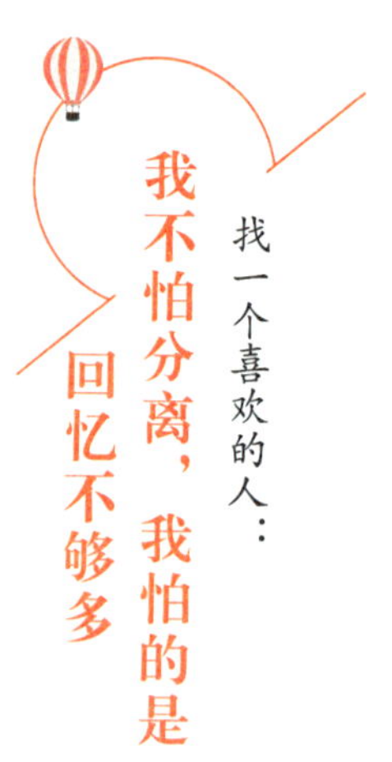

找一个喜欢的人：我不怕分离，我怕的是回忆不够多

自打过年后一直以暴烈晴天入春的北京，在 3 月 20 号的时候下了一场让人措手不及的春雨，我和多多同学站在鼓楼前，觉得胶片相机真是白带出来了。

这是 2017 年，两年前的 3 月 20 号，两个朋友陪我们一起去朝阳区民政局领证，圆脸的小苹果和尖下巴的醒姑娘在后座为了抢零食而打架，多多同学开错了路，被嘲笑太激动，那时的我还是长发。也许是错觉，民政局里领绿本的要比领红本的多，好像也没有什么特别的，飞快领完证我们四个人就在民政局门口自拍玩。

两年前的那一天，既是春分，又是新月日，算是个不错的日子。

其实所谓新的开始，也只是轮回上的一个点，无所谓从哪里开始又从哪里结束，这是我们美好的愿望。

有时候想想，觉得人是很傻的，总想方设法想要去得到去拥有，然而得到的一切都不过是为失去打下的欠条，终归要还回去，得到越多，失去越多。活着或许并不是受苦，而是不断承受伤心，越幸福的人可能最终伤心得越彻底。

我和多多同学都觉得，人一旦有了牵挂，就会变得懦弱，会惧怕很多事情。

我一时想不起第一个纪念日我们做了什么，好像是自己做了饭。今年我用了 Midore 的三年人生日记，明年的这个时候就一定不会忘记是如何度过所谓的纪念日了。

这一年，从元旦起，多多同学就突然病倒，发烧，头痛，病情来

势汹汹，出乎所有人的预料。新年伊始的一切计划都一下作废，我每天往返家中和医院，觉得自己和世界之间似乎生出了一层隔膜，我被困在其中，外面的一切都与我无关。我甚至背着笔记本去医院写小说，好克制住自己抓着医生追问他会不会有生命危险的一次次冲动。

病愈之后的多多同学一直在喝中药调理，虽然不是动手术那样的折腾，但抽了几十管血，还做了三次腰穿，出院三周后才彻底退烧，也算是狠狠伤了一把元气，所以一直清淡饮食。到纪念日这一天，他基本恢复得差不多，包括胃口，所以商量着去哪里吃饭时，他说去吃你喜欢的那家串串香吧，还可以去什刹海附近散散步，把相机里的半卷胶卷拍完。

我喜欢的串串香在旧鼓楼大街附近，晃悠过去的路上，一路都是旅行团，路边也都停满了旅游大巴。因为我的故乡并不是旅游城市，所以我一直以来都很好奇生活在旅游城市的人，会像来旅行的人一样那么喜欢自己的城市吗。看着满街游人来了又走，是怎样一种微妙的心情呢？

今天看到鼓楼附近的一个个旅行团，我和多多同学说，我终于也有了别人到自己居住的城市来旅行的感觉。他很高兴，觉得我这么说

是因为对北京有了那么一点作为家的归属感。

点餐的时候我要他吃鸡汤熬的白锅，结果他全程都在吃辣锅，偶尔有新的食客进来，门一开，雨水冲下来的凉意就往室内灌，和煮沸的红汤倒是很登对。

吃串串的时候一定要喝唯怡豆奶，怎么说呢？就像是吃潮汕鲜牛一定要喝竹蔗茅根水，看电影的时候一定要喝冰可乐，是最妥当的搭配，就像我的每一天里都必须有个你。

吃了饭，细密的小雨依然没有要停歇的意思，我们戴了帽子去不足一百米开外的起司家喝咖啡，当然还有我最喜欢的招牌榴梿重芝士。

阴雨天的北京也是重重的铅灰色，多多同学不甘心地把胶片机从包里找出来，对着桌子上的甜品，对着我，对着窗外的街道拍了几张。自打病愈以来，这是他第一次摸相机。

也许因为是周一，所以店里冷清，期间只来了几位台湾口音的客人。

纵然冷清，窗外还是有那么多人匆匆走过，世界上竟然有这么多的陌生人，真是寂寞啊。

后来还做了什么呢？

回家的路上我们相互讲了几个笑话，哈哈笑着在路上跑。

快到家门口的时候，忘了说到什么，我说这样会很快变老的，多多同学说我倒是想很快就变老，我们一起快点变老，我说不要。

回家之后又各自忙了一些工作方面的事情。

晚上我给一个熟悉的客人算了塔罗，是个笑起来非常可爱、声音甜美的姑娘，在这个晚上之前，我并不知道她的人生有那么多无能为力的辛苦。塔罗牌告诉她要调整好自己的心态，不要做那个让自己会不甘心的选择，勇敢地熬过一段不那么顺利的时间。

这话也仿佛是说给自己听，这段时间，我是不是真的熬干了它呢？

其实我们都不知道不顺利的日子需要多久才能过去，离开后又是否真的会为这段时间的严苛训练留下礼物，可无论如何，都只能熬过去。

就像月满则亏，可是新月又是一轮满月的伊始，从春分到夏至，阳光对北半球的偏爱也终究会走到尽头，长夜会再度笼罩。我们只好相信，一切都是一个无休止的循环。

我坐在沙发上喝多多同学煮的咖啡，和他感叹每个人都不容易。多多说有句话想和你说，是我今天忽然想到的，是很久之后，是很老很老折腾不动的时候想跟你说的话，可是我又怕到时候我忘记了，所以想现在跟你说。

什么话哦？

我觉得，我这辈子最有成就感的一件事，就是一辈子都和你在一起。

说得我这么可怕。

是的。

就算一辈子都在一起，到最终，还是会有分离，不是吗？

在他忽然昏倒在地面如死灰的时候，我抖着一双手抓起手机打 120 用哭腔求助时，我第一次很清楚地意识到，我身边的任何人都是有可能突然离开我的，突然也好，缓慢也好，谁都有可能。

在他住院的时候，我因为平时都依赖于他开车，所以只能每天坐地铁去医院，从地铁站走回家，我在想，分离是注定的啊，或早或晚，只是时间的问题。我已经很久没有那么哭过了，每天看到查血结果，好了就高兴，反复了就蹲在地上放声大哭，哭完了抹掉眼泪再去医院。

我问他被囚禁在住院部的短短走廊上，只能看着窗外医院里的其他高楼，都在想什么，他说就是不放心你，觉得你不能离开我。

一个人不能离开另一个人，是幸福的事情，也是非常悲伤的事情。

既然怎样都是悲伤，那至少不要遗憾吧。虽然人生很难说怎样才是不留遗憾，但我想，两个人的回忆多一点，一起做的事情多一点，至少是让线性的时间变得有了一些厚度，才不算可惜。老了以后光看照片都回忆不完走

过的路，为了记忆里的小小分歧争执，我说这张照片是我拍的，你说是你拍的，我说那时是那样，你说是另一样，记忆不牢靠，但丰盛够用。

我们掰着指头说虽然一起去过了一些地方，在一起的时间也没有白白浪费，一起做了很多事，一起工作一起玩，整日相对，还没有腻烦，但还是有很多愿望没有兑现，很多事情没能下定决心去做，很多风景没一起去看，生老病死说砸下来就砸下来，我们幸运地有惊无险，那就要更继续带着我们的镜头，去制造更多回忆。

反正，现在硬盘里躺着的那些合照，还远远不够。

在南京的自拍，在济州岛的自拍，在暹粒的自拍，在皇后镇的自拍，在青岛的自拍，在新疆的自拍，三脚架可能最多地见证了我们在一起的那些时光。我很贪心，我还要更多的自拍，我要争分夺秒。

我们今天的生活，大概是一种不断在变化、不断在失去的生活吧，和父母们比起来，这个速度被加快了不知多少倍。

那种生活在一个地方一辈子不会改变，邻里极少走散，路上全是熟脸的生活，今天已然很难想象。

我们真的一直在分别之中。想要不改变，真的很难。毕竟，没有什么会是不改变的。只是从前什么都慢所以变得也慢，而如今什么都快，变得同样也快。

和亲人分别，和朋友分别，和喜欢的人或长或短也终有一别，只是若能找到那个可以共同打发长久时光的人，至少会把这分别拉得漫长一些、迟缓一些，虽然无论做好多少心理准备，都无法接受重要的人在自己的生活中退场离开，可这个人，总能和我去制造比别人更多一些的回忆。

所以，我喜欢的人啊，我们总要一起有过很多快乐的回忆，才不会在分离之后轻易忘掉彼此，或者太过介怀彼此。

附录

APPENDIX

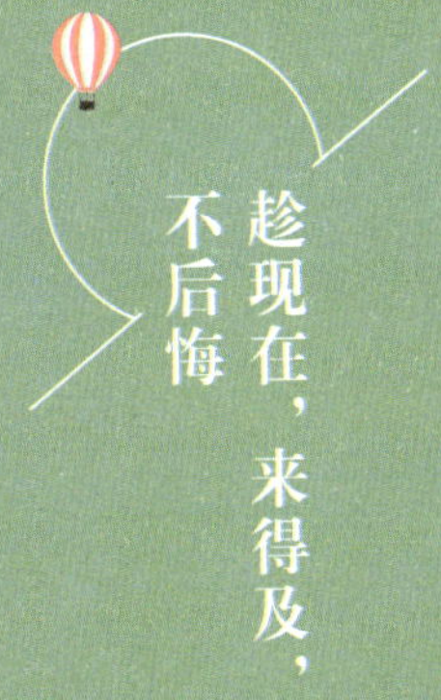

趁现在，来得及，不后悔

把梦想寄托于明天，每天幻想与期待，而忽视了行动与落实，那么最终留给自己的一定是遗憾。

想一想，你有多少心愿最终沦为空谈呢?

趁现在，还来得及，不后悔，列一个属于自己的心愿清单，并在接下来的日子，一一去实现它，不要等，不要怕，相信你自己。

To do list
1
2
3
4
5
6
7
8
9
10